로크미디어가
유혹하는
재미있는 세상

ROK
MEDIA
로크미디어

다시 사는 재벌가 망나니 32

2023년 7월 24일 초판 1쇄 인쇄
2023년 7월 27일 초판 1쇄 발행

지은이 맹물사탕
발행인 강준규

기획 이기헌 왕소현 임동관 박경무 강민구 조익현
책임편집 금선정
마케팅지원 이원선

발행처 (주)로크미디어
출판등록 2003년 3월 24일
주소 서울시 마포구 마포대로 45 일진빌딩 6층
Tel (02)3273-5135 Fax (02)3273-5134
홈페이지 rokmedia.com E-mail rokmedia@empas.com

© 맹물사탕, 2021

값 9,000원

ISBN 979-11-408-0824-3 (32권)
ISBN 979-11-354-9456-7 04810 (세트)

다시 사는 재벌가 망나니

맹물사탕 현대 판타지 장편소설

32

ROK
MEDIA
로크미디어

Contents

1장

"광금후 그 사람은……."

조세화가 인상을 찌푸린 채 말을 이었다.

"……지금 가택에 연금 중이에요. 경찰이 회사를 압수 수색하고 있는 상황에 괜히 이상한 짓을 해서 눈에 띌 필요는 없으니까요."

"그렇군."

"그리고 그는 이번 임시주주총회가 끝나고 나면 필리핀에 설립한 이름뿐인 회사의 이름뿐인 책임자가 될 거예요. 아마 한국 땅을 다시 밟을 일은 두 번 다시는 없겠죠."

사실상 국외로 영구 추방이었다.

그제야 조세화는 찌푸린 인상을 의식했는지, 의식적으로

찡그린 미간을 폈다.

"그래도 아저씨에게 그런 짓을 한 사람인데, 제 멋대로 일을 처리하게 된 점은 양해 부탁드려요."

"……아니다."

구봉팔은 '원한의 깊이로 따지면 나보다는 네가 더 깊지 않은가' 식의 말을 하려다가 말을 삼켰다.

솔직한 심경으론 구봉팔은 광금후에게 딱히 이렇다 할 적의를 느끼고 있지도 않았다.

그가 자신이 있는 업장을 습격한 것 때문에 부산 출장(?)을 다녀왔고, 결과론이지만 자신이 부산에 있었던 덕에 발 빠른 대처로 경찰의 이번 압수 수색에서 '조광'을 지켜 낼 수 있었다.

그 일로 자신의 주변 사람이 다치기라도 했으면 모를까, 심지어 예의 업장 습격은 완전히 실패했으니 구봉팔은 광금후에게 조세화 만큼의 사적인 원한이 있지는 않았던 것이다.

'비록 광금후가 회장님이 정해 두신 선을 넘기는 했지만, 나쁜 놈인 것으로 따지면 나도 마찬가지이고.'

오히려 부친의 원수라고 할 수 있는 광금후의 처분을 국외 추방 정도로 끝마친 조세화를 칭찬해 주고 싶을 정도였다.

"그나저나 광금후도 세화 네 말을 꽤 고분고분 따라 준 모양이구나."

"흥, 그 연세에 마약 사범으로 철창신세를 지는 건 사실상

무기징역형이나 마찬가지잖아요? 남은 생 동안 손톱만 한 자유라도 누리고 싶으면 제 말을 순순히 따를 수밖에요."

구봉팔은 조세화의 말에 고개를 끄덕이면서 생각했다.

'그나저나, 광금후 그자가 정말 그런 일을 벌였을까?'

그가 광남파와 손잡고 벌인 일은 그 스케일이나 철두철미한 진행 방식과 달리 꽤나 싱겁게 막을 내렸다.

강이찬에게 들으니 제아무리 급습이라지만 광남파 본진을 친 일도 큰 저항 없이 밀어 버렸고, 부산 조폭 측에서는 우려하던 사망자가 나오지도 않았다.

오히려 대부분의 사상자는 광남파에서 나왔는데, 그들은 부산 조폭 연합의 기습에 속절없이 무너져 내리며 맥시코 카르텔이 전달한 화기를 제대로 써 보지도 못했다고.

'만일 거기에 조설훈을 깔끔하게 청부 살인할 정도의 실력자가 있었다면 전문적인 군사 훈련을 받은 강이찬이라 할지라도 쉽지 않았을 텐데, 그런 인물도 없었던 모양이고.'

그래서 구봉팔은 그들이 몰락하는 순간만큼은 광금후나 광남파가 이전까지 보였던 냉혹하고 프로페셔널한 면모가 보이지 않았다는 것에 위화감을 느꼈다.

'……그야 물론 이쪽도 안기부의 지원으로 아지트 위치나 약도 등을 손에 넣어 준비를 철저히 마친 편이라지만.'

어디까지나 구봉팔 본인도 말수가 적은 강이찬에게 들은 이야기이니 그로서는 아마 생략된 부분도 많을 것이라고 생각할 수밖에.

'제아무리 난다 긴다 하는 실력자라도 방심하면 한순간 훅하고 가 버리는 것이 이 바닥 생리기도 하고.'

상사에 가까운 동맹 관계이지만 아직 어린애에 불과한 조세화와 그런 이야기를 나누고 싶지 않았던 구봉팔은 은근슬쩍 화제를 돌렸다.

"그래, 임시주주총회 준비는 잘되고 있나?"

"그럼요."

조세화는 내심 안도하며 구봉팔이 암묵적으로 권한 화제 전환을 받아들였다.

"사업 설명이나 서류 준비는 진즉 마쳤고, 심지어 이번 일에는 신화호텔에서도 간접적인 도움을 줄 예정이에요."

"신화호텔?"

신화호텔이라니 다소 뜬금없는 이름이 언급되었다.

"네, 자세한 건 추후 더 진행되어 봐야 하겠지만……."

조세화가 응접실을 휘둘러보았다.

"성진이 도움으로 이 저택을 신화호텔 측에 매각하게 됐거든요."

"……이야기가 꽤 생략된 것 같은데, 자세히 들려줄 수 있겠나?"

조세화는 고개를 끄덕인 뒤, 이 저택을 매물로 내놓게 된 과정과 방송 촬영, 그리고 신화호텔 대표가 저택까지 직접 찾아와 그녀와 이야기를 나눈 것까지 상세하게 전달했다.

'이번에도 이성진 그 녀석의 신세를 졌군.'

구봉팔은 조세화의 이야기를 들으며 이번 일에 이성진이 신화호텔을 끌어들인 것에 내심 감탄했다.

'아무리 친인척 관계라지만 거기서 신화호텔을 떠올릴 줄이야.'

그러면서 동시에 먼 나라 이웃사촌이라는 화제성 있는 방송 프로그램 촬영 장소로 선정, 이는 신화호텔이 이 저택으로 벌일 사업의 홍보 효과도 톡톡히 누릴 뿐만 아니라 조광그룹의 기업 이미지 쇄신이라는 간접적인 효과도 기대할 법하다.

'뿐만 아니라 신화호텔은 고급 식자재 유통 쪽에서 손에 꼽히는 기업이기도 하니……. 이는 이번에 설립할 합자회사 경영에도 도움을 줄 수 있겠어.'

구봉팔은 문득 생각난 게 있어서 조세화에게 물었다.

"그나저나 이성진은 이 일에 대해 어디까지 알고 있지?"

사실 이번 출장과 그 과정상의 일은 모두 이성진이 주도하다시피 한 일이었지만, 조세화에게는 이성진은 아무것도 모른다는 식으로 입을 맞춰 둔 차였다.

그러던 것이 조세화에게 전화로 '결국 하는 수 없이 이성진도 그런 사실을 알게 되었다.'는 식의 이야기를 전달 받은 것인데.

"아…… . 그게요."

조세화는 올 것이 왔다는 듯 딱딱하게 굳은 얼굴로 대답했다.

"걔도 자세히는 모르지만 어느 정도는 알아요. 아니…… 이제는 꽤 자세히 알게 됐네요."

그렇게 말하는 조세화는 이런 지저분한 일에 이성진을 끌어들이고 만 자신을 자책하는 얼굴이었다.

"어제 변호사님을 만나면서 광금후가 마약 밀매에 연루되어 있을지도 모른다는 식의 이야기를 했거든요."

"……음."

"그리고 그가 아버지를 살해한 배후일 거란 이야기도요."

"…… ."

"똑똑한 애니까, 아저씨가 여기 와 계신 걸 보면 상황이 어떻게 흘러갔는지 대강 알 거예요. 그리고 강이찬 씨도 그 일에……."

그때 바깥에서 드르륵, 주차장에 깔아 둔 자갈이 굴러가는 소리가 들렸다.

"성진이가 왔나 봐요."

조세화의 눈동자가 불안하게 흔들렸다.

오늘 이성진에게 모든 걸 이야기해야겠다고 마음먹은 그녀도 정작 그 순간이 오니 긴장하기 시작한 것이리라.

"흠, 그 녀석도 양반은 아닌 모양이군."

구봉팔이 일부러 던진 농담에 조세화가 픽 웃었다.

"그러게요."

별것 아닌 농담이지만, 그 사소한 말에 조세화는 방금 전 생긴 긴장을 조금 풀었다.

"그럼 강이찬 그 친구도 오는 건가?"

마른세수를 마친 조세화가 고개를 저었다.

"아뇨, 강이찬 씨는 성진이가 오늘 다른 일을 시켰대요."

"그래?"

"네, 그래서 쉬는 시간에 전화 걸었더니 학교로 차 한 대만 보내 줄 수 없냐고 부탁하던걸요."

아무래도 이성진은 장기간 출장을 다녀온 강이찬에게 휴가 겸 쉴 빌미를 준 모양이었다.

'하긴, 게다가 강이찬 그 친구가 있으면 이야기가 복잡해질 여지도 있고.'

이윽고 마룻바닥을 콩콩 울리는 발소리가 들리더니 드르륵, 응접실의 미닫이문이 열렸다.

"안녕하세요."

이성진이 찾아왔다.

"어서 와."

조세화는 어딘지 딱딱한 얼굴로 나를 맞이했고, 구봉팔은 앉은 자리에서 내게 눈인사를 했다.

나는 조세화에게 살짝 미소를 건넨 뒤 구봉팔에게 인사했다.

"안녕하세요, 이사님."

"그래."

인사 뒤, 나는 자리에 앉았다.

"차 내올까?"

조세화의 질문에 나는 잠시 구봉팔과 입을 맞춰 둘까, 생각했다가 고개를 저었다.

"아니, 괜찮아. 그보다 할 이야기가 있다면서?"

"……응."

조세화는 한 차례 숨을 고른 뒤 천천히 입을 뗐다.

"실은 너한테 그동안 비밀로 하던 걸 이야기할 때가 왔다고 생각해서."

조세화는 구봉팔과 시선을 마주친 뒤, 구봉팔이 고개를 끄덕이자 다시 말을 이었다.

"처음에는……."

조세화는 담담한 말씨로 그동안 있었던 일을 술회했다.

구봉팔이 광금후로부터 습격을 당한 일, 그리고 구봉팔을 시켜 광금후와 손잡은 마약 밀매 조직을 조사하게 한 일, 그리고…….

"어제 그 일이 모두 끝났어."

조세화는 끈이 떨어진 광금후를 가택 연금하고 이후 그를 필리핀에 박아 둘 예정이라는 식의 이야기까지 마쳤다.

'그 와중에도 강이찬에 대해서는 거짓말을 하는군.'

심지어는 안기부에 대한 언급도 하지 않은 걸 보며 역시 만만히 볼 애는 아니구나, 싶었다.

'그래도 아직 애는 애야.'

그 와중 조세화는 내가 이 모든 내막을 알고 자신을 환멸 하게 되지 않을까 두려워하고 있었다.

이미 다 알고 있는 이야기이고, 나는 조세화가 알고 있는 것보다 더 많은 진실을 알고 있었지만.

'모른 척 잠자코 평정심을 유지하는 것도 쉽지 않군.'

나는 한성아를 머릿속에 그리며 다정하게 조세화의 손을 꼭 잡아 주었다.

"힘들었지?"

내 말에 조세화는 눈을 동그랗게 뜨더니 고개를 푹 숙였 다.

"아니야."

조세화는 코를 훌쩍이더니 내 손을 황급히 잡아 빼곤 앉은 자리에서 벌떡 일어섰다.

"나, 차 좀 타 올게. 기다리고 있어."

"응."

조세화가 종종걸음으로 응접실을 나섰고, 나는 조세화의 발걸음 소리가 멀어지길 기다렸다가 구봉팔을 보았다.

"……왜요?"

"아니, 너도 참 싹수가 누렇구나 싶어서."

구봉팔은 질색하는 얼굴로 고개를 저었다.

"어른으로서 한마디 하자면, 그런 식으로 여자를 후리고 다녔다간 나중에 큰코다칠 거다."

"꼬신 거 아닌데요."

진심이다.

뭐, 나를 향한 그녀의 호감을 이용하고는 있지만.

"흠, 말로는 뭘 못 할까."

구봉팔이 책상다리를 풀며 말을 이었다.

"피차 남이고 저 애의 아버지 노릇을 할 생각은 없지만, 끝까지 책임질 거 아니면 적당히 선을 그어 둬. 좋은 애잖냐."

"알아요. 방금도 일부러 강이찬 씨 언급은 피하더군요."

조세화는 강이찬을 안기부에서 제명해 달라는, 구태여 할 필요가 없는 조건으로 그들과 거래까지 했다.

그러면서 조세화는 내게 자신이 한 일을 언급하지도, 나를 위해 한 일로 생색을 낼 생각도 없어 보였다.

'나나 구봉팔이야 강이찬이 안기부 요원이었다는 걸 이미 알고 있지만.'

구봉팔이 떨떠름한 얼굴로 입을 뗐다.

"그래서, 앞으론 어떻게 될 거 같냐?"

"뭐가요?"

"뭐긴, 이것저것."

질문이 꽤나 포괄적이긴 하지만, 앞으로 할 일 자체가 포괄적이었으므로 나는 잠시 생각한 뒤 대답했다.

"변하는 건 없어요. 예정대로입니다."

구봉팔이 딱딱한 얼굴로 나를 보았다.

"……전부 다 네 계산 범주 내의 일이라는 거냐?"

"그럴 리가요. 이 정도 변수도 고려는 하고 있었다는 것뿐이죠. 심지어 세화가 광금후의 손발을 이 정도로 빠르게 잘라 낼 줄은 저도 몰랐고요. 또, 상황이 꼬였으면 모를까 결과적으로는 잘된 일이니까요."

광금후에게 경찰의 압수 수색이 들어갔단 소식을 들었을 때는 나도 어떡하나 고민했지만, 방금 전 조세화에게 광금후 건의 뒤처리가 끝났다는 걸 들었을 때는 박수를 칠 뻔한 걸 간신히 참아야 했다.

"그래. 조금 더 다듬으면 좋은 경영자가 되겠지."

"그러게요."

마음먹은 일을 망설이지 않고 밀어붙이는 조세화의 뚝심과 결단력만큼은 나도 본받아야 할 듯하다.

내 성격에 그런 경영을 할 일은 좀처럼 없긴 하겠지만.

"이사님은요?"

"나? 나야 뭐, 출장 간 사이 미루고 미뤄 온 일을 몰아서 처리해야지."

구봉팔이 말을 이었다.

"아침에 사무실로 갔더니 마침 최서연 측에서 만나자고 연락이 왔더군. 그 일부터 처리할 생각이다."

최서연이라.

드디어 재단을 인수할 때가 온 건가.

'출장 중에 연락했으면 이런저런 구실을 대느라 귀찮았을 텐데, 마침 구봉팔이 복귀해서 좋을 때 연락을 줬어.'

구봉팔이 입을 뗐다.

"어쨌건 눈에 띄는 건 정리를 해 두었는데 워낙 엮인 게 많아서 찾아보면 이런저런 허점도 보이긴 할 거 같더군. 그런 의미에서 묻겠는데, 최서연은 믿어도 될 사람인가?"

"그럼요. 정확히 말하자면…… 오히려 그 누나도 다 알고서 챙기는 것에 가깝죠."

다른 사람도 아니고 최서연이 구봉팔이 이사장으로 있는 새마음아동복지재단을 인수하는 건, 이쪽에도 여러 모로 좋은 일이었다.

우선 우리 입장에는 이 기회에 눈엣가시 같던 비리의 온상을 처분하는 일이 될 뿐만 아니라, 구봉팔도 더 이상 재단 이사장 일에 매달릴 필요 없이 조광 그룹 이사직에 걸맞은 본업에 매진할 수 있게 되리라.

게다가 요한의 집에 대한 경영은 예전처럼 소피아 원장 수녀에게 맡기기로 했을 뿐만 아니라, 그 전까지 성당에 기대 봉사 차원에서 하던 일을 보다 공식적으로 예산 지원을 추진하겠다는 말도 했으니.

"어차피 그쪽에서도 박상대의 치부가 드러나면 좋을 게 없고, 차라리 자신의 손아래에 두고 관리를 하겠다는 것에 가까울 거예요."

"그런가."

구봉팔이 쓴웃음을 지었다.

"왠지 저번에 보았을 때, 나는 그 여자가 별로 못 믿을 사람이란 생각이 들어서."

저런, 최서연의 가면이 구봉팔에게는 통하지 않은 모양이다.

나는 픽 웃으며 어깨를 으쓱였다.

"뭐, 내숭은 잘 떨죠. 정치인 따님이시니까. 정치인이란 겉과 속이 다른 법이잖아요?"

물론 내가 직접 최갑철을 만나 겪어 본 바, 최서연의 내공은 아직 최갑철에 비할 바가 못 되었지만.

"솔직히 나는 그 여자가 이제 와서 그러는 꿍꿍이속을 모르겠다."

"어쨌거나 중요한 건 그 누나가 좋은 사람인지 아닌지 보단 그 상황에 요긴한 사람인가를 봐야 하는 게 아닐까요?"

구봉팔이 턱을 긁적였다.

"말 그대로이기는 한데, 나는 그런 의미라기보다는……."

문득 구봉팔이 입을 다물기에 귀를 기울였더니 콩콩, 마룻바닥 울리는 소리가 들렸다.

귀도 밝지.

시간이 좀 더 걸릴 줄 알았는데, 일찌감치 마음을 추스른 모양이었다.

나는 적당한 때에 자리에서 일어나 미닫이문을 열었고, 쟁반에 찻잔 세 개를 받쳐 든 조세화가 움찔했다.

"내가 들게."

"아, 고마워."

그렇긴 해도 조세화는 코끝이 빨갰다.

나는 조세화에게 쟁반을 받아 자리에 앉았다.

"그럼."

자리에 앉은 조세화가 입을 뗐다.

"지금부터는 조만간 있을 임시주주총회 전략을 짜 볼까 해요."

그렇게 우리는 방금 전 그 일을 언급하지 않기로 암묵적인 합의를 했다. 회의를 마치고 자리를 정리하고 있으려니 조세화가 내게 말을 붙였다.

"이제 회사로 갈 거지? 거기까지 태워 달라고 할까?"

"음…… 아니야."

강이찬을 데리고 왔으면 모를까, 얻어 타는 주제에 그 먼 거리까지 부탁할 정도로 염치를 모르지 않았다.

"지금부터 신화호텔에 가려고."

"아, 거기?"

적당히 말한 거긴 하지만, 내가 말하고도 둘러 댈 구실로 는 나쁘지 않은 것 같았다.

"응. 일이 어떻게 진행되고 있는지 한번 보려고. 어쨌거나 나도 관계자이니까."

"그렇구나."

비즈니스 회의를 하는 동안 완전히 마음 정리가 끝났는지, 조세화가 구김살 없이 웃었다.

"따라 못 가서 미안. 오늘 업자가 와서 짐을 빼기로 했거든."

"미안해할 거 없어. 아까도 말했지만 나도 관계자니까."

"응…….."

구봉팔은 그런 우리를 물끄러미 보다가 툭 하고 끼어들었 다.

"비슷한 방향이고 하니까 신화호텔 쪽으로 갈 거면 내가 태워 주지."

"아, 그렇게 해 주시겠어요?"

그동안은 구봉팔이 없어서, 조세화는 그도 나를 차에 태워 줄 수 있다는 걸 깜빡한 모양이었다.

"그렇게 됐으니 내 차에 타라."

"네, 이사님."

뭐, 그러는 나도 구봉팔이 나를 데려다줄 수 있다는 걸 깜빡했지만.

나는 조세화의 배웅을 받으며 구봉팔이 모는 차에 얻어 탔다.

"그나저나 정말로 신화호텔로 가는 거냐?"

나는 유리창 너머 손을 흔드는 조세화에게서 고개를 돌렸다.

"그럼요."

"그러냐. 나는 회사가 머니까 사양하는 줄 알았는데."

그것도 있긴 하다만.

"저도 책임자라면 책임자니까 신화호텔에 가서 일이 어떻게 되는지 살펴봐야 하거든요. 아, 신화호텔이랑 무슨 일을 하냐면……."

"너 오기 전에 세화한테 들었다. 저 집을 배경으로 방송을 한다면서."

뭐야, 알고 있었네.

"네. 그 방송을 토대로 포트폴리오를 만들어서 신화호텔 임원들로 하여금 저택 매입을 설득할 생각이에요."

구봉팔이 피식 웃었다.

"어쨌거나 잘해 봐라. 그러잖아도 저 집을 어떻게 해야 하나 세화가 고민이 깊었는데."

"저도 그랬다고 들었어요. 세화는 유학을 떠나고……."

조세화의 모친은 정확히 어떤 사람인지도 모르는 데다 전생에도 이렇다 할 언급조차 되질 않았으니.

'어쨌건 조성광과 사이에서 조세화를 낳았으니 순탄한 인생을 살아온 사람은 아니겠지만.'

그렇다고는 하나 어차피 내게는 단지 그뿐, 이 일에 아무런 영향력을 끼치지 못하는 사람이라면 신경 쓰지 않는다.

'그러니까 얌전히 조세화의 출생에 대한 이야기나 함구해 주면 좋겠는데.'

그건 유상훈이 어련히 알아서 잘하리라.

"그럼 잘 가라."

"예, 태워 주셔서 감사합니다."

구봉팔은 창밖으로 손을 흔들며 차를 몰아 사라졌고, 나는 호텔 안으로 발걸음을 옮겼다.

"어서 오세요."

한산한 시간에 배치된 로비 직원은 신참이어서 그런지, 나를 알아보지 못한 모양이었다.

"아, 네. 체크인 하려는 게 아니라……. 지배인님께 SJ컴퍼니 이성진이 왔다고 전해 주시겠어요."

"지배인님요?"

"네, 성명훈 지배인님요. 부탁드릴게요."

다른 곳 같으면 '이 꼬마가 뭐래' 하는 식의 반응이 나올지도 모르겠지만, 명색이 신화호텔이어서 그런지 신참 직원도 교육이 확실해서 그녀는 일단 내가 시키는 대로 했다.

"……예? 예, 알겠습니다. 예."

통화 내내 눈을 동그랗게 뜬 직원은 미소 띤 얼굴로 나를 보았다.

"곧 지배인님이 내려오실 겁니다. 잠시만 기다려 주시겠습니까?"

"네, 그러죠."

지배인이 오길 기다리는 사이 나는 시간이나 때울 겸 로비를 어슬렁거리며 돌아다녔다.

'생각해 보니 이런 느긋한 시간을 오랜만에 내 보는군.'

이래저래 조광 그룹 쪽 일이 일단락되어서일까, 왠지 마음에 여유가 넘쳐흐르는 기분이었다.

'남은 건 시간이 해결해 줄 문제군.'

잠시 그러고 있으니 곧 저번에도 본 지배인이 나타나 나를 반겨 주었다.

"어서 오십시오, 이성진 사장님."

"네, 안녕하세요."

"대표님을 뵈러 오셨습니까? 잠시 기다리고 계시면 연락이 갈 겁니다."

"아뇨, 바쁘시면 괜찮아요. 오히려…….."

눈치로 먹고사는 서비스업의 정점에 선 인물답게 지배인
은 이내 내가 뭘 요구하는지 알아챘다.

"오명환 셰프님은 한식당에 계십니다. 안내해 드리겠습니
다."

"네, 부탁드릴게요."

내가 굳이 지배인을 불러 그를 대동하는 건 오히려 일을
두 번 하지 않게 하려는 것이다.

그도 그럴 것이 손님들의 출입을 막아 둔 한식당에 나 같
은 꼬맹이가 들어가면 다시 확인을 거쳐야 할 테고, 차라리
지금처럼 지배인을 대동하고 다니는 것이 호텔 입장에서도
불필요한 일을 더는 일이 되니까.

'또 이 지배인은 바쁘기 그지없는 이미라의 대리인이니 신
화호텔 매입 건도 잘 알고 있고.'

나는 지배인과 함께 한식당으로 향하던 와중, 2층으로 향
하는 원만한 나선 계단에서 누군가와 마주쳤다.

"어머?"

아니 오히려 나를 먼저 알아본 건 그쪽이었다.

"성진이니?"

솔직히 말하면 별로 만나고 싶지 않은 상대인.

"……네, 안녕하세요. 누나."

최서연이었다.

'최서연이 이 시간에 호텔에는 왜 있는 거지?'

그야 대중들에게 개방된 상업 건물이니 최서연이 여기 있으면 안 된다는 법은 없지만, 나는 괜히 공교로운 기분에 휩싸였다.

'마침 오늘 구봉팔이랑 당신 이야기를 했는데 말이야.'

최서연은 잠시 나를 물끄러미 바라보다가 씩 웃었다.

"그사이 키가 좀 더 큰 거 같은데?"

"아마 그럴 거예요. 3cm가량."

"3cm? 귀여워라."

그 와중 지배인은 최갑철 의원의 따님인 최서연을 알아보았는지, 아니면 원래도 그러는 인품인지 나를 얌전히 기다려 주고 있었다.

"저, 죄송한데 오늘은 일 때문에 온 거여서요."

"그래? 신기하네. 나도 그렇거든."

"네?"

"2층 한식당에 가는 거지? 영업 준비 중인."

그걸 어떻게?

최서연은 그런 내 표정을 즐기듯 바라보더니 지배인에게 고개를 돌렸다.

"마침 잘됐네요. 지배인님께 연락드리려고 했는데. 한식당에서 저를 받아 주질 않더라고요."

지배인이 정중하게 고개를 숙였다.

"직원들에게 전달이 제대로 되지 않은 것 같습니다. 죄송합니다."

"뭐, 됐어요. 이제 해결됐으니까. 한식당에 가는 거죠?"

"예, 그렇습니다."

최서연은 몸을 돌려 앞장서 걸었고, 나는 무슨 일인가 싶어 지배인을 보았다.

"지배인님, 최서연 씨가……."

"누나."

그걸 듣고 있나.

"……누나가 한식당에는 어쩐 일로 오신 거예요?"

"예, 그게 말이지요."

최서연이 고개를 돌렸다.

"제가 나중에 말할게요."

"알겠습니다."

어쨌건 우리는 최서연을 따라서 영업 준비 중 팻말을 지나 한식당 안으로 들어섰다.

"죄송합니다, 손님. 식당은 아직……."

최서연을 향해 무어라 말하려던 종업원은 그녀가 대동하고 온 지배인을 보곤 입을 다물었다.

"봤죠? 그럼 들어갈게요."

종업원은 괜히 지배인의 눈치를 살폈고, 지배인은 종업원에게 다가가 무어라 말을 했다.

'우리가 오기 전에 튕겨 났던 모양이군.'

지배인에게 무어라 지시를 들은 종업원은 빠른 걸음으로 안쪽으로 들어가 안면이 있는 홀 담당을 데리고 왔다.

"오셨습니까."

그러면서 최서연을 힐끗 살피는 것이 그도 최서연은 초면인 듯했다.

나는 나대로 여기 방문한 최서연의 꿍꿍이를 몰라서 눈치를 살폈지만, 최서연이 손가락으로 내 등을 쿡 찌르는 바람에 입을 뗐다.

"예. 오명환 셰프님을 뵈러 왔는데요."

"잠시만 기다려 주십시오."

홀 담당이 종업원에게 눈짓을 주자 그는 허둥지둥 주방 안쪽으로 돌아갔다.

"저, 그런데 이성진 사장님. 동행하신 분은 누구입니까?"

홀 담당이 내게 물었고, 나는 최서연을 힐끗 쳐다보았다.

그러자 그제야 최서연이 자기소개를 했다.

"안녕하세요, 장여옥 친구인 최서연이라고 합니다."

그 말에는 나도 놀랐다.

"어, 그랬어요?"

"응. 나한테는 조금 언니뻘이지만, 꽤 친해."

그렇다고 하니 여기 와 있는 것도 이해는 간다만……

'이미라가 불렀나?'

지배인은 내게 괜스레 미안해하는 얼굴을 했다.

"미리 말씀을 못 드려서 죄송합니다."

"아니에요. 신경 쓰지 마세요."

보아하니 언제 오겠다는 사전 약속도 없이 덜컥 찾아온 모양이니까.

'나도 그랬고. 그나저나 최서연이 설마 장여옥이랑 친구였어?'

뭐, 거물 정치인 따님이고 비슷한 연배이니 어쩌면 아는 사이일…… 리가 없다. 아무리 그렇다고는 해도.

최서연이 내 시선을 받으며 싱글벙글 웃는 얼굴로 말했다.

"왜, 놀랐니?"

"네. 누나가 장여옥 씨랑 아는 사이인 줄은 전혀 몰랐어요."

당신이 여기 올 거라는 것도.

"내가 좀 마당발이잖니. 애당초……."

최서연은 무언가 말하려다 말고 고개를 저었다.

"아니, 아무것도 아니야."

"네?"

"알려고 하지 마. 여자의 비밀을 캐려고 하는 남자는 인기 없어."

이 사람이 뭐래.

그러고 있으니 이윽고.

"오, 왔어?"

오명환이 앞치마에 손을 닦으며 주방에서 걸어 나왔다.

오성환은 어제부터 계속 신화호텔 한식당 주방에 붙박여 있는 모양인지 눈 아래가 시커메졌지만, 눈동자는 새 장난감을 손에 넣은 어린애처럼 반짝거리며 빛나고 있었다.

그가 신화호텔 레스토랑 주방에 서 본 것은 이번이 처음이 아니었음에도 이번 일은 그에게 새로운 도전과 자극으로 다가온 것임이 틀림없어 보였다.

이번 오성환에게 주어진 임무는 '한식'과 '채식' 두 가지.

그러면서도 VIP 고객으로 하여금 만족스러운 식사를 했다는 경험을 안겨다 주어야 하니, 오성환은 이 세 마리 토끼를 잡아야 하는 도전 과제에 매진하느라 피곤한 줄도 모르고 있었다.

'자고로 창의력이란 제시된 주제에서 어느 정도 제약이 걸려 있을 때 더 활성화한다지.'

오성환은 내게 인사를 건넨 직후, 내 곁에 붙어 있는 최서연을 물끄러미 보았다.

"그런데, 이분은……."

최서연이 정중하게 인사했다.

"처음 뵙겠습니다. 최서연이라고 해요."

"시저스 총괄 셰프인 오성환입니다."

"말씀 많이 들었어요. 오 셰프님. 이번에 장여옥 씨 식사를 담당하신다면서요?"

오성환은 장여옥이 오는 건 비밀로 하는 게 아니었나, 싶은 얼굴로 나를 보았고, 나는 그에게 어깨를 으쓱였다.

"누나 말이 장여옥 씨랑 친구래요."

"아."

오성환이 그제야 고개를 끄덕였다.

"그러셨군요. 이번 일에 도움을 주시러 오셨습니까?"

"그런 셈이죠."

최서연이 대답했다.

"보아하니 딱히 제 도움이 필요하지는 않을 것 같지만요."

"아닙니다. 최서연 씨가 친구라고 하시니, VIP가 선호하는 재료나 음식을 알려 주시면 큰 도움이 될 겁니다."

"그럴까요?"

"예. 저도 VIP님이 독실한 불교 신자시란 이야기는 들었습니다만, 그러면 여간한 정진요리는 다 접해 보셨을 거 같아서요."

오성환의 말에 최서연은 잠시 생각하다가 고개를 저었다.

"딱히 그렇지는 않을 거예요. 장여옥 씨가 채식 위주의 불교 식단을 추구하기 시작한 건 얼마 전의 일이거든요."

"……그렇습니까?"

"네, 그러니 거기에 너무 구애되실 필요는 없다고 생각해요. 불교도라고는 해도 오훈채(五葷菜 : 승려들이 수행하는 데 방해가 되는다는 이유로 금지한 다섯 가지 채소)에 구애되실 필요도 없고요."

한국 요리에 마늘이 빠지면 서운한 법, 따라서 오훈채라는 제약이 사라지니 오성환은 짐을 한결 덜어 낸 표정이 되었다.

"그렇군요. 그럼 육류만 금지하면 되는 겁니까?"

오성환은 즉시 메모장을 꺼내 필기를 했다.

"네. 적당한 비건 요리 정도면 괜찮을 거라고 생각해요. 그 친구, 일 때문에 소식하는 것만 제하면 원래는 이것저것 가리는 것 없이 잘 먹거든요."

오성환이 최서연의 말을 받아 적으며 물었다.

"그래도 계란 및 치즈 등 가공물에 대해서는 금기해야겠죠?"

채식주의자도 단계라는 게 있어서, 생선까지는 허용하는 부류, 계란 및 유제품까지는 허용하는 부류, 정말로 채소류만 먹는 부류 등 여러 가지가 있다고 하니 오성환도 그 부분을 물어보는 것일 터.

"괜찮아요."

최서연이 빙긋 웃었다.

"배우가 일인데 어느 정도 동물성 단백질 섭취는 해야죠. 안 그래요?"

"좋군요. 그렇다면 훨씬 폭이 넓어지겠습니다."

그렇다고 하니, 온건 채식주의자 식단으로 메뉴를 구성하면 충분하다고 여긴 오성환은 마음을 놓았다.

'뭐…… 여기서 이런 식으로 최서연을 만날 줄은 전혀 몰랐지만, 어쨌거나 큰 도움이 되는군.'

그렇게 초면인 두 사람은 의외로 짝짜꿍이 잘 맞아서, 단순한 방해꾼이 아닐까 생각한 최서연이 의외로 큰 도움이 되고 있다는 것에 나는 스스로를 조금 반성했다.

'하긴, 최서연은 내숭이란 가면만 안 벗겨지면 겉보기에 멀쩡한 사람이니까.'

그러는 사이 대화는 차근차근 잘 진행되어, 우리는 주방으로 향해 오성환이 초기에 구상한 요리를 맛보기까지 했다.

오성환은 내가 눈여겨 본 천재 요리사답게, 전공도 아닌 한식, 거기에 사찰요리의 느낌까지 담아내면서도 결코 촌스럽지 않고 색다른 느낌의 진보된 요리를 내놓았다.

"아직 기획 단계여서 많이 부족하긴 합니다만."

그럼에도 오성환은 겸손이 아닌 진심을 담아 말했다.

"최서연 씨의 조언 덕에 보다 다채로운 구성을 준비할 수 있을 것 같습니다."

최서연이 빙긋 웃으며 고개를 끄덕였다.

"제가 도움이 되었다니까 기쁘네요."

그러면서 최서연이 나를 보았다.

"그렇지?"

"아, 네."

나는 튀겨 낸 연근에 조청과 홍시 소스를 얇게 바른 요리를 먹으며 고개를 끄덕였다.

'왠지 이 요리 맛을 보니 구태여 최서연의 도움이 없어도 무방했을 거 같긴 하지만.'

어쨌거나 이게 더 맛있어지면 더 좋은 일이니, 나는 좋은 게 좋은 거라고 생각하기로 했다.

부우웅.

그때 핸드폰이 울렸다.

"아, 잠시 실례하겠습니다."

오히려 이런 자리에는 내가 사라져 주는 편이 더 도움이 될 테니 나는 망설임 없이 전화를 받으러 자리를 피했다.

누굴까.

전화를 받았더니 유상훈이었다.

－사장님, 잠시 만나 뵐 수 있겠습니까?

어째, 말투가 심상치 않았다.

나는 저 멀리 주방에서 맛보기를 하는 일행을 힐끗 쳐다본 뒤 그에게 물었다.

"혹시 일이 잘 안 풀렸습니까?"

－솔직히 말씀드리면…… 그렇습니다.

흠, 아무래도 조세화 모친이 유상훈의 제안을 받아들이지 않기로 한 모양이었다.

'뭐, 설령 그렇다 한들 내겐 아무 문제 될 것이 없지만.'

그런 의미에서 나는 유상훈이 이번 실패를 너무 심각하게 받아들이는 것 같다고 생각했지만, 어쨌거나 모처럼 요청을 해 왔으니 그를 만나 보기로 했다.

"알겠습니다. 그러면 신화호텔 쪽으로 와 주시겠어요? 지금 거기 있거든요."

―신화호텔…… 알겠습니다. 그쪽으로 가서 다시 연락드리겠습니다.

돌아가는 길에는 유상훈의 차를 얻어 타면 되겠군.

그렇게 생각하며 통화를 마치고 자리로 돌아왔더니, 최서연이 나를 물끄러미 바라보고 있었다.

"……왜요?"

"아니."

최서연이 웃으며 고개를 저었다.

"혹시 뭔가 심각한 일인가 해서."

"그런 거 없어요."

나는 웃는 낯으로 응수했다.

"그냥 회사 업무 때문에 온 전화였어요."

"그랬구나. 혹시 힘든 일이면 누나한테 상담하고."

빈말은.

하지만 나는 어쨌건 오늘만큼은 그녀가 도움이 된 것도 사실이니, 웃는 얼굴로 그 말을 받아 주었다.

"네, 말씀만이라도 고마워요. 누나."

"우리 지금 어디 가?"

크리스가 입을 뗀 것은 차에 탑승하고도 한참 뒤였다.

한성진은 한성아보다 어린 초면의 여자애가 다짜고짜 반말로 물어왔지만, 그래도 말문을 터 준 것이 기뻤는지 웃는 얼굴로 대답했다.

"우리? 지금 용산에 가."

"……용산?"

"응. 아, 크리스는 잘 모르겠구나. 음, 한국에서 전자제품이 가장 많은 동네야."

몰라서 물은 건 아니었지만, 한성진은 자상하게 설명해 주었다.

'용산이라.'

크리스는 한성진의 말을 들으며 생각했다.

'그러고 보니, 이 시기엔 아직 용산이 국내 전자상가의 메카였지.'

그러는 크리스도 전생에 용산 전자상가를 방문해 본 적은 없었다.

그녀가 용산에 대해 알고 있는 건 이 시기 용산이 전자제품으로 유명하다는 사전적 정보와 그곳이 잘 모르고 가면 덤터기를 쓰기 쉬운 곳이란 소문을 들은 정도였다.

'아무리 호위가 있다지만 잘도 그런 곳을 가는군. 컴퓨터에 대해 잘 안다는 어필이라도 할 셈인가?'

지금 운전대를 쥐고 있는 강이찬이 누구인가 하는 건 크리스도 한눈에 알아보았다.

'어디서 주웠는지는 모르겠지만 꽤나 쓸 만한 인재를 골랐군.'

강이찬은 전생에는 본 적 없는 인물이긴 하지만 전생부터 주짓수를 비롯해 어느 정도 호신 기술을 체득하고 있는 크리스는 그가 무술로 몸을 단련하였고, 옷 아래에 마른 근육이 탄탄하게 자리 잡고 있다는 것을 알아본 것이다.

'모르긴 몰라도 월급으로 돈푼 꽤나 쥐어 주고 있겠는걸.'

그 정도 인물을 꼬맹이들 쇼핑에 운전기사로 붙여 보내는 걸 보면, 이성진이 무슨 생각을 하고 사는 인간인지 모르겠다는 생각도 들긴 했지만.

'……아무튼 백하윤한테 이 상황을 단단히 어필하는 중이란 거겠지.'

어쨌건 한성진은 크리스와 말문을 트게 된 것이 기뻤는지 재잘대며 말을 이었다.

"그나저나 나도 어젯밤에 성진이한테 간단하게만 들었는데, 컴퓨터를 살 거라면서?"

"그래."

크리스는 고개를 돌려 한성진의 시선을 피하며 심드렁하

게 대답했다.

"인터넷이 되는 사양으로."

"아, 인터넷."

한성진이 고개를 끄덕였다.

"PC통신 말고 인터넷이 되는 걸로?"

"……무슨 차이인데?"

크리스가 되묻자 한성진은 쓴웃음을 지었다.

"크리스, 컴퓨터에 대해 잘 모르는구나?"

"……."

"아, 뭐라고 하려는 게 아니라 사람에 따라서 입문용으로 추천하는 컴퓨터가 따로 있거든. 개인적으로는 컴퓨터 초보면 A/S가 잘되는 대기업 제품을 쓰는 것도 나쁘지 않다고 생각해. 컴퓨터라는 게 조금만 잘못 건드려도 먹통이 되기 일쑤인 민감한 제품이고……."

재잘재잘 잘도 떠드는군.

크리스는 한성진의 장황한 이야기를 들으며, 그가 원래는 이렇게도 말이 많은 성격이었는가, 새삼스레 생각했다.

크리스는 그렇게 생각하며 인상을 찌푸렸고, 조수석에 앉아 크리스를 돌아보며 이야기를 늘어놓던 한성진은 그 표정에 민망했는지 멋쩍은 표정이 됐다.

"미안, 말이 너무 길었지?"

"……아니, 그런 거 아니야."

크리스가 한숨을 내쉬었다.

"그냥 개인적으로 생각할 게 있어서."

"아……. 응. 그럼 귀찮게 안 할게."

"괜찮대도."

크리스는 한성진에게 대하던 전생의 습관처럼 목소리를 높였다가 이내 어조를 평탄하게 했다.

"너 때문에 화난 거 아니야. 화가 나지도 않았고."

"아, 그랬구나."

한성진이 머리를 긁적였다.

"저기, 그런데 크리스."

"……왜."

"네가 아직 잘 모르는 것 같아서 그러는 건데, 한국에서는 나이 차이 나는 손윗사람을 오빠라고 부르거든? 그러니까……."

"…….."

"미안."

이번엔 대놓고 인상을 찌푸려 주었더니 한성진은 깨갱하며 얌전히 고개를 돌렸다.

'아무튼, 좀만 잘해 줘도 기어오르는 건 여전하네.'

크리스는 이내 울적한 얼굴로 고개를 떨어뜨렸다.

'……그런가. 그래, 한성진은 원래 저런 애였어.'

그리고 그런 한성진의 표정에서 웃음을 사라지게 하고, 나중에 그와 연이 끊어지다시피 한 것은, 결국 자신의 불찰로

인한 것이었다는 것도.

'이번 생의 한성진은 행복한 모양이군.'

그 행복에 자신의 부재가 영향을 주고 있었다는 사실이 크리스는 못내 씁쓸하면서도 그녀는 이를 체념하듯 받아들였다.

"아 도착했다. 형, 저쪽으로 가 주시면 돼요."

마침 용산에 도착한 모양인지, 한성진은 지리를 잘 아는 듯 강이찬에게 주차장 위치도 알려 주었다.

"유료 주차장이기는 하지만 상가 영수증이 있으면 액수별로 몇 시간씩 무료로 주차가 가능하거든요."

강이찬이 핸들을 꺾으며 고개를 끄덕였다.

"나는 여기 오는 게 오랜만인데 반해 너는 자주 왔나 보군."

"헤헤, 저는 뚜벅이지만요. 아무튼 잘 찾으면 좋은 부품을 싸게 구할 때도 있고……."

뿐만 아니라 컴퓨터 조립도 꽤 일가견이 있는 모양이다.

'그나저나 지금 한성진 정도의 꼬맹이가 발품을 팔아 가며 부품을 구하러 다닌다니, 저 녀석, 그동안은 운이 좋았던 건가?'

그도 그럴 것이, 크리스가 전생에 들은 소문에 의하면 이맘때 용산은 깡패와 양아치가 들끓어 치안이 좋지 않은 곳이었으므로.

'뭐, 지금은 보디가드가 있으니 괜찮겠지만.'

주차장에서 내린 한성진은 일행을 대동하고 곧장 개구리 컴퓨터 본사가 있는 신인상가로 향했다.

이성진의 지휘하에 신인상가 상인회를 접수한 개구리 컴퓨터 대표 박철곤은 이제 '대한민국에서 조립형 컴퓨터를 산다면 신인상가, 신인상가에서도 개구리 컴퓨터'라는 말이 각종 PC통신 커뮤니티에도 나올 법한 장소로 상가를 변모시켰고, 그에 따른 낙수효과인지 그 변화의 바람은 용산 전자상가 전체에 미치기 시작하고 있었다.

그래서일까, 신인상가는 부품을 사러 온 사람들로 꽤 북적였고 개구리 컴퓨터 앞은 장날을 맞이한 골목가처럼 손님들로 가득했다.

'용산이 이런 곳이었나?'

사정을 모르는 크리스는 어리둥절한 얼굴로 한성진의 뒤를 따라 붙으며 주위를 두리번거렸다.

'이 시기 대한민국 조립 PC시장이 이 정도일 리는 없고…… 설마 이번에도 이성진 그놈이 뭔가 했나?'

그런 의문을 먼저 입으로 뱉은 건 강이찬이었다.

"이 안쪽까지는 처음 와 보는데, 시장이 꽤 활성화되었군."

사정을 잘 모르는 건 강이찬도 마찬가지로, 그는 이성진이 박철곤을 앞세워 용산 전자상가에 자신의 영향력을 확장할 당시엔 이성진과 연이 닿지 않았던 것이다.

"그렇죠? 저도 예전 용산이 어땠는지는 잘 모르지만…….

상가가 이 정도로 커진 건 비교적 최근 일이래요."

"그래?"

"네. 최근 몇 년 사이 청계천에 자리 잡고 있던 각종 전자제품점이 합류하기 시작하면서 더 커졌다나. 아, 지금 가고 있는 개구리 컴퓨터 사장님도 원래는 청계천에 가게가 있었대요."

크리스는 한성진과 강이찬의 대화를 엿들으며 고개를 끄덕였다.

'그렇군. 처음 청계천 쪽 시장 상인을 용산에 밀어 넣은 뒤 트로이 목마처럼 영향력을 확장해서 용산 상인회를 집어삼킨 건가.'

제법이군.

크리스가 뒤이어 생각했다.

'다만 그렇다는 건 지금 용산에는 시장 토박이들과 청계천에서 온 두 개의 파벌로 나뉘어 있겠어.'

지금 용산 전자상가 상황은 이성진도 당시에는 의도하지 않은 결과로 이어진 반쪽짜리 추측이긴 했지만 크리스의 생각은 얼추 맞아떨어졌다.

현재 용산 전자상가 시장 상인회는 박철곤을 필두로 한 청계천 출신들과 기존 용산 전자상가 토박이들로 세력이 양분되다시피 하고 있었고, 두 파벌의 은근한 경쟁은 자연스레 소비자들의 반사이익으로 이어졌다.

그중 신인상가는 개구리 컴퓨터를 필두로 한 청계천파가 사실상 장악을 완료한 곳이면서, 그들 또한 전국구로 사업을 확장한 개구리 컴퓨터의 영향력 아래 놓이다시피 한 곳이나 다름없기도 했다.

"어, 한 군 왔어?"

분주하게 돌아가는 매장에서 수염이 텁수룩하게 난 박철곤이 한성진을 먼저 알아보고 인사를 건넸다.

"네, 안녕하세요. 사장님."

"오늘은 어쩐 일이야?"

한성진이 웃으며 크리스를 가리켰다.

"다름이 아니라, 오늘은 얘가 쓸 PC를 맞춰 주려고요."

"오호."

박철곤이 수염을 매만지며 씩 웃었다.

"귀여운 아가씨네. 그래, 컴퓨터를 장만한다고?"

한성진이 대신 대답했다.

"네, 인터넷 되는 걸로요."

"인터넷이라. 이거 참 요즘 인터넷 되는 사양을 찾는 사람이 부쩍 늘었다 싶더니 이런 꼬마 아가씨도?"

"네. 아직 초보니까 고장 잘 안 나고 괜찮은 거면 좋겠는데요."

"그래? 초보면 여기보단 저쪽 삼광전자 매장에 가 보는 게 어떨까 싶은데."

"뭐, 제가 도와주기로 했으니까 일단 싼 가격에 한 대 장만해 보는 것도 좋을 거 같아서요."

"그렇다면야……. 잠시만 기다려 봐라."

박철곤이 잠시 자리를 비운 사이 크리스가 한성진에게 물었다.

"한 군?"

크리스가 모처럼 먼저 말을 붙여 준 게 기뻤는지, 한성진이 빙긋 웃었다.

"응, 여기 사장님이 성진이랑 아는 사이셔서. 나랑 성진이가 이름이 같다 보니까, 우리 둘을 모두 아는 사람들은 우리둘 사이를 구분하려고 나를 한 군이라고 불러."

"……."

이번 생에서는 그런 식의 별명이 자리 잡은 모양이군.

'게다가 구분해서 부를 정도의 별명이 필요하다는 건, 둘이꽤 자주 붙어 다니는 모양인걸.'

그나저나 저 털보랑 이성진이 아는 사이라?

한성진은 크리스가 묻기도 전에 말했다.

"예전에 인영이 형이 여기 사장님 밑에서 일한 적이 있거든. 아, 인영이 형이라고 알아? 조인영이라는 이름인데, 어제 회사에 갔으면 봤을 수도 있겠다 싶었거든."

크리스는 어제 SJ컴퍼니에서 본 조인영을 떠올리며 고개를끄덕였다.

"알아."

"그렇구나. 아무튼 그래서 성진이가 청계천에 있던 이 가게 이전도 도와주고 그랬대."

그랬던 건가.

크리스는 이성진의 영향력이 용산 전자상가에까지 미쳤다는 것에 조금 놀랐다.

'······과연. 어쩌면 그놈은 청계천 인근에 부동산을 쥐고 있을지도 모르겠군.'

그런 그녀도 이성진이 개구리 컴퓨터에 지분을 갖고 있으며 개구리 컴퓨터가 전국으로 사업을 확장하는 일에 도움을 주었다는 것까지 알았다면 더 놀랐겠지만, 한성진도 크리스를 상대로 그런 사업 이야기까지 할 정도로 분별이 없지는 않았다.

뒤이어 크리스는 가게 상호에 적힌 창립일자를 알아본 뒤, 사업이 시작된 햇수를 헤아려 이 일이 최대 94년부터 시작된 일임을 알아챘다.

'94년이면······ 전생의 내가 한성진을 만났던 해이기도 하면서 이번 생에 이 몸에서 눈을 뜬 연도지. 공교롭군.'

그렇다는 건, 어쩌면 한성진은 이성진이 어떤 놈인지 자세히 알고 있을 공산이 크다.

'잘하면 이번 기회에 한성진을 통해서 나를 사칭하고 있는 그놈이 뭐 하는 놈인지 정보를 수집해 볼 수도 있겠어.'

유상훈이 신화호텔에 도착한 시간은 전화를 걸고 얼마 지나지 않아서였다.

"여깁니다."

나는 호텔 카페에서 손을 흔들어 나를 부르는 유상훈을 발견하곤 그가 있는 곳으로 향했다.

"이거, 바쁘신 중에 죄송합니다."

"아뇨. 괜찮습니다."

어차피 이번 메뉴 선정 건은 굳이 내 선에서 안 살펴도 될 일을 별거 아닌 구실 삼아 와 본 것에 불과했으니까.

나는 자리에 앉으며 그에게 물었다.

"그나저나 꽤 빠르게 오셨네요."

"예, 일이 일이다 보니."

유상훈은 커피 잔 옆의 얼음이 가득 담긴 생수를 한 모금 마셨고, 그사이 웨이터가 다가와서 나는 주스 한 잔을 주문했다.

웨이터가 물러난 다음에야 유상훈이 입을 뗐다.

"주스가 오면 말을 할까요?"

"지금 하셔도 됩니다."

"……알겠습니다."

유상훈은 대답 후 잠시 뜸을 들인 뒤 말을 이었다.

"결론부터 말씀드리면, 잘 안 됐습니다."

표정이며 행동거지에서 그럴 거 같기는 했다.

"다만 거기에는 조건부라는 단서를 달아 둬야겠군요."

"조건부?"

"예. 강미자 씨……. 그러니까 조세화 양 모친의 말씀에 의하면 사장님을 뵙고 어떻게 할지 결정하겠다더군요."

나는 유상훈의 말에 헛웃음이 나올 뻔한 걸 참았다.

'이건 뭐, 딸의 남자 친구를 만나 보자는 것도 아니고.'

흠, 조세화의 모친이라.

아마 언젠가 전생에도 행사 때 스치듯 본 적은 있겠지만, 따로 대화를 나누거나 별로 마주칠 일이 없던 사람이어서 그녀에 대한 인상이 가물가물했다.

"그거면 됩니까?"

솔직히 별거 아닌 가벼운 일이니, 내 대답도 싱거웠다.

"그전에 알아 두셔야 할 것이 있습니다."

"뭔데요?"

유상훈은 대답하려다 말고 입을 다물었는데, 그는 웨이터가 내 앞에 주스를 놓고 간 뒤에야 목소리를 낮춰 다시 입을 뗐다.

"어쩌면 그…… 강미자 씨 집안에 일본 야쿠자 조직이 엮여 있을지도 모릅니다."

"……."

유상훈의 말에 나는 주스에 손을 대려다 말고 멈칫했다.

"야쿠자? 그게 무슨 말씀입니까?"

유상훈이 내게 고개를 꾸벅 숙였다.

"죄송합니다. 좀 더 알아보고 접근해야 했는데……."

"아닙니다. 그보단 먼저 관련해 변호사님이 아는 대로 말씀해 주십시오."

"알겠습니다. 사실 저도 아직 깊이 알아본 것은 아닙니다만……."

유상훈은 짧게 고개를 끄덕인 뒤 말을 이었다.

강미자.

일본 재일교포 2세대에 속하는 인물이며, 그녀의 친부는 신오쿠보에서 빠칭코 사업을 하던 인물이라고 했다.

근미래에는 많이 다르지만 이 시기 신오쿠보는 치안도 평판도 별로인 곳이었고, 주류 사회에서 밀려난 재일교포 중엔 불법적인 일에 가담하는 이가 많았다.

또, 그런 음지의 일에는 자연스럽게 야쿠자들이 개입하는 경우도 왕왕 있었다.

'그리고 그녀가 일본에 있었을 당시엔 아직 일본에서도 야쿠자들이 활개를 치고 다닐 때였지.'

내 기억에 일본 정부가 대대적으로 야쿠자를 단속하기 시작한 시점은 93년 무렵으로, 그 강력한 제재는 해가 갈수록 더해 가며 2000년대 들어서부터는 그 숫자가 급감할 만큼 효력을 보았다.

'그 야쿠자들의 공백에 한구레라 불리는 깡패들이 활개를 치기 시작한 건 차치하고. 어쨌건.'

그리고 지금은 그 과도기로, 야쿠자들이 제 살 길을 모색하기 위해 기업형 조폭으로 세탁을 하는 시기이기도 했다.

"그런데 친부라니요?"

"아, 예. 강미자 씨는 언제부터인가 야마구치구미 조장의 양녀가 되었습니다. 정확한 시일은 잘 모르겠지만 최소한 조세화가 태어나기 전이라는 건 분명합니다."

"……."

대강 추측해 보자면, 과거부터 야쿠자와 연결 고리가 있던 조성광은 그가 죽기 전까지도 그 연결을 끊어 내지 않으며(아니면, 그러질 못했던 걸까?), 나중에는 조설훈으로 하여금 동맹을 대신해 강미자와 혼약을 맺도록 한 것이리라.

'그런 의미에서 강미자가 조성광과의 사이에서 조세화를 낳고도 조성광 쪽 호적에 이름을 올리지 못한 건, 일본 야쿠자와 관계에서 정치적 술수도 작용한 것이겠지.

일본 야쿠자의 항렬이니 파벌이니 하는 것은 무척 복잡해서, 관련해 그들과 전생에서 어느 정도 엮이기까지 한 나조차 알아보기를 포기한 것이 대부분이었다.

'거기에 뭔 놈의 감옥에서 맺은 의형제니, 의절이니 하는 것까지 더하면 개족보도 그런 개족보가 없을 정도가 되고.'

그러니 나도 한국에 사는 변호사 유상훈이 강미자에 대해 제대로 파악하지 못한 것을 힐난할 생각은 없었다.

'게다가 이번 건은 내 불찰도 있어. 조성광이 어떤 인간인데, 고작 세간의 늦둥이 스캔들이 두려워서 조세화를 꽁꽁 감출 인물은 아니지.'

설령 그런 게 아니라 상속 절차를 단순하게 하려 했다고 생각하더라도, 조성광이 생전에 해 둔 일은 과잉인 느낌이 없지 않았는데.

'너무 결과적으로, 단순하게 생각했군.'

그리고 전생의 조설훈은 그런 모든 것을 감안해 야쿠자를 견제함과 동시에 조광을 대기업으로 키워 냈던 것이리라.

'그런데 이번 생에서는 그런 식으로 죽고 말았으니…… 새삼 아까운 인물이긴 해.'

그렇다고 내게 칼을 들이대려 한 조설훈이 그립다거나 하는 건 결코 아니지만.

어쨌건 상황이 막바지에 이르러 꽤 곤란에 처한 것은 분명해 보였다.

'쉽지 않네, 정말.'

나는 뒤늦게 주스를 한 모금 마신 뒤.

"알겠습니다."

주스 잔을 내려놓으며 말을 이었다.

"일단 빠른 시일 내 강미자 씨를 만나 보기로 하죠."

"저깁니다."

최근 들어 조성광이 물려준 저택에는 꽤나 빈번하게 드나들었지만 정작 조세화의 집에 와 본 건 이번이 처음이었다.

조세화의 본가는 부촌으로 이름난 S동에 위치한 우리 집만큼 대저택은 아니었지만, 그에 못지않은 부촌에 자리하며 인근에서는 가장 좋은 위치의 훌륭한 저택이었다.

'다만 부자들은 항상 고지대에 집을 장만한단 말이지.'

이번엔 편리하게 유상훈의 차로 집 안까지 들어왔지만, 오전에 저 아래 유료 주차장에 차를 대고 여기까지 올라왔다던 유상훈의 말에는 심심한 유감을 표했다.

당일이긴 하나, 전화로 사전에 방문 약속을 잡아서인지 유상훈의 차가 도착하자마자 저택에 딸린 차고 문이 열렸다.

주차장에서 내린 우리를 맞이한 건 어느 사내였는데, 유상훈은 내게만 들리는 목소리로 그를 일컬어 '김 실장'이라고 했다.

"이쪽입니다."

유상훈에게는 일언반구도 하지 않았다던 김 실장은 강미자에게 무어라 한 소릴 들었는지 내게는 나름대로 정중한 태도를 보였다.

그렇다고는 하나 그에게서는 우리와 대화를 나누고자 하

는 기색이 일절 느껴지지 않았으므로, 우리는 자연스레 침묵 속에서 차고를 나와 저택으로 향했다.

'유상훈에게 들은 대로 집은 전혀 관리가 안 되고 있군.'

나는 관리가 되지 않은 정원을 지나 김 실장이 열어 준 현관문 안으로 들어섰다.

"어서 오렴."

나는 강미자를 보자마자 전생에 조세화가 저 나이쯤 되면 저런 미인으로 성장했더란 생각이 들었다.

"처음 뵙겠습니다, 어머님. 이성진이라고 해요."

"응. 이야기는 많이 들었어."

강미자는 내 옆의 유상훈은 마치 그림자처럼 없는 사람 취급하며 발걸음을 옮겼다.

"저녁은 아직 안 먹었지? 별로 차린 건 없지만 먹고 가렴."

왠지 거절할 분위기가 아니어서 나는 그러겠다고 했다.

마침 저녁 시간이기도 했고.

"상훈 씨는 잠깐 거실에서 기다려 줄래요? 하필이면 2인상만 준비해서."

강미자는 그제야 유상훈의 존재를 인지한 듯 그런 말을 던졌고, 유상훈은 멋쩍게 웃으며 대답했다.

"하하, 괜찮습니다. 편하신 대로 하시죠."

그렇게 나는 강미자와 단둘이 식탁 딸린 주방에 갔다.

"그릇 놓는 것 좀 도와주겠니?"

"물론이죠."

아무리 딸 친구라지만 초면의 상대를 좋을 대로 부려 먹는 걸 보면 강미자도 예사 인물은 아닌 것 같다.

나는 강미자를 도와 식탁에 음식을 날랐다.

"자, 그럼 앉자."

"네, 어머님."

차린 것은 말 그대로 일반 가정에서 먹을 법한 된장찌개며 각종 밑반찬으로 꾸렸다.

그녀는 부잣집 사모님답지 않게 솜씨가 꽤 정갈했는데, 이는 태생부터 손에 물 한 방울 묻히지 않고 곱게 자란 사모와는 대비를 보였다.

사모도 요리를 곧잘 하기는 하지만 그녀는 맛보기나 간을 맞추는 정도만 도울 뿐 대부분은 안동댁을 비롯한 가사 도우미들이 해냈고, 자신 있는 요리는 요리 교실에서 배웠던 일품요리 종류였으니까.

나는 강미자가 수저를 들기를 기다렸다가 식사를 시작했다.

"어떠니?"

"맛있네요."

빈말이 아니라, 제법 괜찮다.

아니 어째 반찬에서 우리 집의 안동댁 느낌이 나는 것 같기도 한데?

"반찬은 사 왔거든. '종가 손맛'이랬던가?"

음, 그건 우리 사모가 안동댁과 손잡고 만든 브랜드다.

'전부 알고서 일부러 그런 말을 한 건가?'

어쩔 줄 몰라 하는 내게 강미자가 말을 이었다.

"뉴월드 백화점에서 주문했어. 거기 단골이거든."

심지어 구매처가 내 외가인 뉴월드 백화점이라.

이쯤 하니 일부러 그러는 거란 확신이 들었다.

"저, 어머님. 오늘은 어쩐 일로 저를 보자고 말씀하셨습니까?"

나는 단도직입적으로 물었고, 강미자가 대답했다.

"혼자 밥 먹기 쓸쓸해서."

"예?"

"그렇잖니."

강미자가 애틋한 한숨을 내쉬었다.

"세화는 요새 도통 집에 들어오지도 않고, 장남은 구치소에, 남편은 사망. 아니면 성진이는 혼자서 쓸쓸히 집을 지키는 과부가 불쌍하지도 않니?"

대답이 너무 노골적이어서 먹던 밥이 체할 것 같다.

"농담이야."

"……."

어디서부터?

"아줌마는 그냥 이렇게 된 김에 소문이 자자한 성진이를 한번 만나 보고 싶었던 것뿐이지."

"······이렇게 된 김이시라 함은요?"

"뭘 거 같니?"

"······."

유상훈이 사전에 경고한 대로 호락호락한 인물은 아니었다.

나는 묵묵히 된장찌개를 떠먹었다.

"된장찌개는 어때?"

"맛있어요."

솔직히 신경이 곤두서서 무슨 맛인지도 잘 모르겠다만.

"그래?"

강미자가 활짝 웃었다.

"반찬은 사 온 거지만 된장찌개는 아줌마가 했거든."

그 말을 듣고 나니 입안에 방금 먹은 된장찌개의 감칠맛이 감돌았다.

약간 달짝지근한 감은 있지만 꽤 잘 끓인 된장찌개였다.

'그렇군, 이 밥상의 의도를 얼추 알 것 같다.'

그녀가 일부러 뉴월드 백화점에서 나와 유관한 브랜드 밑 반찬을 차리고, 그러면서도 손수 끓인 된장찌개를 내놓은 것은 설령 다른 자잘한 것은 빼앗기더라도 가장 핵심이 되는 것만큼은 내놓지 않겠단 의미를 내포한 것이리라.

강미자가 말을 이었다.

"또, 다른 건 몰라도 설훈 씨, 아줌마가 끓인 된장찌개만큼은 참 좋아해 줬어."

"……그러셨군요."

역시, 여기서 조설훈이 언급되나.

나는 더 숟가락을 놀릴 생각이 없었지만, 강미자의 시선을 의식해 사무적으로 밥을 떠먹었다.

그러던 와중, 문득 이상한 생각이 들었다.

'조설훈은 둘째 치고, 강미자는 조설훈을 어떻게 생각했을까?'

각방을 쓴다는 말도 나돌았으니 둘 사이에 성관계를 비롯한 일반적인 부부 관계는 없었을 것 같지만, 둘 사이가 남부럽지 않은 잉꼬부부랄 건 없을지라도 전생의 조설훈과 강미자는 결혼 생활을 오랫동안 유지했다.

그리고 지금 강미자는 조설훈을 친밀하게 언급하면서도 깊은 슬픔은 느껴지지 않는 모습으로 그를 회상하는 눈치였다.

'……어차피 남의 일이라지만 내가 지금 이 자리에 있는 것도 그런 일에 무관심했기 때문이기도 하니.'

강미자는 어째, 그런 나를 만족스레 바라보며 말했다.

"성진이는 세화를 어떻게 생각하니?"

예상한 질문에 나는 놀라지 않고 정해 둔 답을 했다.

"좋은 친구라고 생각해요."

"결혼 생각은 없고?"

그 부분은 예상한 것보다 퍽 노골적이시군.

"저희는 그런 사이가 아니어서요. 또, 그런 걸 생각하기에는 아직 어리고요."

"그렇구나. 오히려 아줌마는 성진이가 그런 쪽으로 생각해 주길 바랐는데."

그러면서 강미자가 일부러 들으란 듯 목소리를 살짝 낮췄다.

"사실, 아줌마가 보기엔 세화도 성진이 너한테 마음이 아주 없진 않은 것 같거든."

"……."

"아니면 혹시 마음에 둔 여자애가 있다거나?"

"아뇨, 그런 건 아니지만요."

강미자가 빙그레 웃었다.

아직 조세화가 어려서 그 모습이 다 나오지는 않았지만, 웃는 모습만큼은 조세화와 판박이였다.

"그래, 아줌마도 말하고 보니 괜한 걸 물었네. 일단 밥이나 먹자."

"네."

그 뒤, 우리는 묵묵히 밥을 먹었다.

나로서는 어색하고 불편한 침묵이었지만, 강미자는 겉보기에 식사가 무척 자연스러워서 그녀가 이 침묵의 시간을 어떻게 생각하고 있었는지 도무지 알아채기 힘들었다.

"잘 먹었습니다."

"아니야. 변변치 않았는데."

어쨌건 은연중 일본식 관용구를 묻혀 내는 걸 보면 재일교포 출신이긴 한 것 같다.

"그러면 밥도 다 먹었겠다."

강미자가 미소 띤 얼굴로 말을 이었다.

"우리 조금 진지한 이야기를 해 볼까?"

"좋습니다."

오히려 여기 온 용건부터가 그거였으니까.

강미자는 거실 쪽을 힐끗 쳐다본 뒤 다시 고개를 돌려 나를 보았다.

"낮에 상훈 씨에게 들었는데, 세화가 집에서 사진 한 장을 발견했고, 그 사람이 누군지 찾는다고 했지?"

"예."

"그리고 성진이는 세화가 사진 속 주인공을 모르길 바라는 거고."

유상훈에게 들은 바, 그는 그 추가 의뢰인이 나라는 걸 절대 발설하지 않았음에도 강미자가 그걸 꿰뚫어 보았다고 했다.

그래서 나는 그걸 부정하지 않기로 했다.

"그렇습니다."

"왜죠?"

"여러 가지 이유가 있습니다만, 우선 세화가 그걸 아는 게 세화 본인에게 좋은 일일지 확신이 서질 않았거든요."

강미자가 픽 웃었다.

"그걸 결정하는 건 우리 세화일 텐데?"

"사람들은 때때로 자신이 원하는 것이 정답이 아닐 수도 있다는 걸 모르더라고요. 언젠가는 알게 될지도 모르지만, 지금 아는 게 최선이라고는 생각하지 않았어요."

"재밌네."

강미자가 웃는 얼굴로 말했다.

"오늘 처음 보는 거기는 하지만, 성진이는 왠지 자기가 세화보다 어린 애라는 걸 깜빡하는 것 같아."

"……."

"오해하지 말고 들으렴. 힐난하려는 것도 아니고 어디까지나 그런 생각이 들었다는 것뿐이니까."

강미자가 고개를 저었다.

"말 끊어서 미안. 그래, 우선 그랬다는 건 다른 이유도 있다는 이야기니?"

"……예. 세화가 실은 회장님의 친딸이라는 것이 세간에 알려지게 되면 지금 조광에서 벌어지고 있는 파벌 다툼이 걷잡을 수 없는 방향으로 흘러가지 않을까 싶었거든요."

단도직입적인 그녀의 태도에 나 또한 단도직입적으로 나서기로 했다.

하지만 강미자는 내 말에 별반 놀라는 기색도 없이 고개를 끄덕였다.

"그럴지도 모르겠구나. 설훈 씨에 이어서 지훈 씨까지 그렇게 되고 말았으니…… 그랬다간 아마 네 말대로 세화를 이용하려는 사람들이 나왔을지도 모르겠어."

그런 말을 하는 강미자는 왠지 모르게 당사자가 아닌 TV 속 등장인물의 이야기를 하듯 보였다.

잠시 뜸을 들인 강미자가 내게 물었다.

"그런데 성진이는 세화가 설훈 씨 친딸이 아니라는 걸 어떻게 알았니?"

전생의 정보와 유전자 감식 결과를 종합해서.

그런 말은 꺼낼 수 없었으므로 나는 적당히 둘러댔다.

"회장님이 세화에게 유산을 상속하셨을 때, 그리고 얼마 전 세화가 서고에서 사진을 발견했을 때였어요."

"으응."

강미자는 내 말을 온전히 그렇다 믿는 눈치는 아니었지만, 일단 그런 걸로 쳐 두자는 심산인 듯했다.

"아무튼 알겠어. 들으니 세화랑 합자회사를 설립한다고도 했고, 세화에게 요상한 사람들이 달라붙으면 너희가 하려는 일에도 지장이 많이 갈 테니까."

그런 걸 곧장 알아채는 걸 보면 단순한 부잣집 사모님이 아닌 것 같기도 하고.

"이러니저러니 해도 성진이는 세화를 잘 챙겨 주는구나?"

"그럼요. 친구니까요."

"그런 뜻이 아닌데."

"네?"

강미자가 고개를 저었다.

"아니, 아무것도 아니야. 아무튼, 지금은 그런 것 때문만은 아니게 됐지?"

강미자가 웃음기를 거두며 한 말에 나는 고개를 끄덕였다.

"세화의 외가…… 때문인가요?"

"그래. 외가라고 하니까 조금 이상하지만 나도 그들과 관계를 부정할 생각은 없으니까."

강미자가 말했다.

"아줌마 집이 뭐 하는 곳인지는 아마 너도 상훈 씨한테 들었겠지?"

"……자세히는 모르지만 대략적으로는요."

강미자가 고개를 끄덕였다.

"응, 그 정도가 딱 좋아. 이 집안이 그렇듯이 남들한테 자랑하듯 할 이야기도 아니고."

"……."

"하지만 그렇다고 너무 염려할 건 없어. 거기엔 일본에서도 지금 정부가 나서 가며 대대적인 단속을 벌이고 있으니까."

비록 말은 그렇게 해도 그 말을 '아, 예 그렇습니까' 하며 넙죽 만만히 받아들여서도 안 될 것이다.

'즉, 지금 자신에게도 물 건너 야쿠자들의 간섭을 막아 줄 정도의 힘은 있다는 어필인 거지.'

강미자는 내가 자신의 말을 알아들었는지 확인하듯 잠시 나를 물끄러미 쳐다보다가 다시 입을 뗐다.

"그렇다고는 하지만 세화가 덜컥 회장님의 유일한 상속자가 된 마당이니 그쪽에서도 조금 욕심을 내기 시작한 모양이야."

그야 그렇겠지.

야쿠자들 입장에선 유일한 상속자로 거듭나 버린 조세화를 이용할 건수인 것이다.

더군다나 그 조세화가 조설훈이 아닌 조성광의 딸이라면 더더욱.

나는 조심스럽게 강미자의 말을 받았다.

"하지만 아무리 그래도 물 건너 외국 일인데, 그분들도 이번 일에 직접적으로 관여하기는 어렵지 않을까요?"

"그 점이야."

강미자가 빙긋 웃었다.

"외가야 어쨌건 세화의 국적은 대한민국이고, 아줌마의 친정에서 간섭할 여지는 적지. 하지만 그것도 그 정도 일을 감수해 가며 할 만한 일이라면 이야기가 달라지지 않을까?"

하긴, 그들이 얻을 이익과 리스크를 저울에 올려 놓고 비교해 보았을 때, 야쿠자 입장에서도 국내에서 손꼽히는 대기업인 조광은 물 건너 진출하는 리스크를 감수할 만한 일이었다.

다만 그녀가 간과하고 있는 점이라면 나는 남들처럼 이 일에 목숨을 걸 필요가 없다는 것뿐이다.

내게는 어디까지나 해도 그만, 엎어져도 조금 먼 길을 돌아가면 그뿐인 일.

그래서 나는 이 이상 강미자를 떠보는 일은 관두기로 했다.

"그렇다면 혹시 어머님께서 그걸 막아 주실 수 있나요?"

"……그래."

강미자는 순순히 인정했다.

"하지만 그러려면 아줌마도 몇 가지 감당해야 할 일이 있거든. 또, 솔직히 말해서 아줌마는 세화가 자신의 출생에 얽힌 비밀을 알게 된다 하더라도 상관없단다. 그 아이도 이미 어느 정도는 눈치챈 모양이고."

"……"

즉, 맨입으로는 해 주지 않겠다는 거군.

"그렇군요. 그럼, 제가 뭘 어떻게 하면 되죠?"

"이야기가 빠르네. 사업하는 사람들은 다 그런가?"

강미자가 웃는 얼굴로 말을 이었다.

"물론 네가 거절해도 상관없어. 성진이가 해 준다면 나도 최선을 다해 돕겠지만, 그렇지 않아도 상관하지 않을게."

나는 속으로 그녀가 내건 조건을 저울에 달아 보았다.

아닌 말로 조세화가 자신의 친부가 실은 누구라는 걸 알고서 받게 될 심리적 충격 같은 건 내 알 바가 아니다.

하지만 그로 인해 조광의 파벌 다툼에 야쿠자가 개입하려고 든다면 그건 그것대로 내키지 않는 일이었다.

'그걸로 설령 조광이 산산조각 나더라도 이번 사업이 어떻게 되지는 않겠지만…… 그렇다고 해서 이대로 공든 탑이 무너져 내리는 걸 보고 싶지는 않군.'

그런 의미에서 보면.

'내가 할 수 있는, 그리고 해도 무방한 일이라면 해 줘도 상관없겠지.'

일단 들어나 보자.

결론을 내린 나는 강미자의 제안을 받아들였다.

"좋아요. 제가 할 수 있는 일이라면요."

"그래."

강미자가 미소 띤 얼굴로 말을 이었다.

"어려운 일은 아니야. 아줌마는 그저, 진실이 알고 싶을 뿐이란다."

진실이라.

그 말을 입에 담는 강미자의 얼굴은 그저 가죽의 근육을 당겼다는 느낌일 뿐, 웃고 있으면서 웃는 얼굴이 아닌 느낌이었다.

"어떤 진실 말씀이죠?"

"혹시 설훈 씨가 어떻게 사망하게 되었는지, 성진이는 알고 있니?"

그렇게 묻는 강미자는 응당 내가 사건의 진실을 알고 있으리라 확신하는 눈치였다.

'그 말이 맞긴 하다만, 곧이곧대로 솔직하게 대답할 수는 없지.'

잘만 하면 이번 일을 어영부영 떠넘기는 것도 가능할지 모르고.

"세화가 말하기로는 신진물산의 광금후 씨가 벌인 일이라더군요."

"……세화가? 무슨 근거로?"

그렇게 되묻는 강미자의 뉘앙스는 마치 '고작 광금후 정도 되는 인간이 그런 일을 벌였을 리가 없다'는 식으로 들렸지만, 나는 모른 척 잡아뗐다.

"근거라고 하시면 저도 그렇다고 들었을 뿐이에요. 세화도 저에게 정보의 출처는 말하지 않았고……."

"너도 그렇게 생각하니?"

"그렇지 않을까요?"

"……거짓말."

강미자가 처음으로 싸늘한 목소리를 뱉었다.

"설훈 씨가 사망했던 날, 현장에는 경찰이 있었어. 만약 광금후가 그랬다면 그는 당시 경찰에 입막음까지 했다는 거겠지. 하지만 광금후는 그 정도로 철저하지도, 그럴 만한 힘이 있는 사람도 아니야."

"……."

말하는 걸 들으니, 왠지 그녀는 혐의가 있는 사람을 모조리 조사해 본 모양이었다.

'뿐만 아니라 어떻게 손에 넣었는지 경찰 측 자료까지도.'

역시 예사 인물은 아닌 것 같다.

그래도 이건 알까 모르겠네.

"하지만 그 광금후에게 배후가 있었다면요?"

"배후?"

"네. 저도 얼마 전에야 들은 이야기지만 광금후는 마약 밀매 조직과 연결 고리가 있었다는 듯해요."

이 정도 최신 정보는 모를 것이라 생각해서 던져 보았더니, 강미자는 미끼를 덥석 물었다.

"마약?"

"어디까지나 세화에게 들은 거지만요. 며칠 전에 경찰 측이 신진물산을 압수수색하기 시작했는데, 세화 말로는 경찰이 광금후와 마약 조직 사이의 커넥션을 눈치채고 수사에 들어간 것이라고 했어요."

"……계속해 보렴."

만만찮은 역량과 잠재력을 갖춘 강미자라 할지라도 집안에만 틀어박혀 있었으니.

"저도 자세히는 모릅니다. 세화도 제게 그런 이야기는 자제하는 편이어서요. 제가 알고 있는 건 어디까지나 이 일이 어떤 방식으로든 마무리되었다는 것과, 임시주주총회 후 광금후를 필리핀 지사로 보내기로 했다는 것뿐이에요."

가만히 내 이야기를 들은 강미자는 한참 뒤 한숨을 길게 내쉬었다.

"……후. 내 딸이기는 하지만 세화 그 애도…… 순탄한 삶을 살기는 글렀네."

그 한숨에는 조세화가 자신이 할 일을 대신해서 끝마친 것에 대한 대견함과 안쓰러움이 동시에 묻어났다.

"그런데 성진아."

"네, 말씀하세요."

"세화는 그 일을, 설훈 씨를 살해한 자가 광금후라는 걸 어떻게 알았을까?"

나는 고개를 저었다.

"저도 모르겠어요. 세화는 제게 정보의 출처가 믿을 만하다는 식으로만 이야기했거든요."

"……그러니."

그녀가 내 말을 순순히 믿어 주는 것이 신기하기는 했지만, 까놓고 말해 강미자는 머리가 좋은 사람이다.

그리고 머리가 좋은 사람은 사건의 인과관계를 논리적으로 분석하려는 습성이 있고, 그런 강미자가 그 함정에 빠지고 마는 건 예정된 일이기도 했다.

'마약, 배후, 정보의 출처, 소리 소문 없이 사라진 형사…… 이 정도 떡밥을 흘려 뒀으면 강미자는 알아서 정보를 조합해 어떤 결론에 도달하겠지.'

예상대로 강미자는 머지않아 자신 안에서 어떤 결론에 도달하고선 가만히 고개를 끄덕였다.

"그래. 그거면 충분해."

"……그렇습니까? 사실, 이런 이야기는 저보다는 세화에게 듣는 게 좋을 거 같은데요."

"가족이니까."

강미자가 쓴웃음을 지었다.

"오히려 가족이니까 서로 말하지 못하는 것도 있는 거란다."

그 뒤 강미자는 내게 번거로운 일로 오가게 한 것을 사과했다.

'뭐, 그렇기는 하다만…… 나로서는 덕분에 더 큰 사달로 번지기 전에 일을 무마할 수 있어서 다행이군.'

만일 조세화가 조성광의 서재에서 사진을 발견하지 못했다면, 강미자는 광금후가 진범(?)인 것을 믿지 못하고 자체 조사에 들어가 이 일을 망쳐 버렸을지 모른다.

'그런 의미에서 보자면 신화호텔에 저택을 매각하기로 한 것이 방송 촬영으로 이어져 이런 스노우볼로 발전했으니……'

말 그대로 운이 좋았다고도 할 수 있겠다.

그리고 돌아가는 길, 이번 일이 잘 풀린 것임을 알아본 유상훈은 내게 배가 고프다며 농담을 던져 댔다.

이성진이 돌아가고, 현관에 서서 그를 배웅했던 강미자가 몸을 돌렸다.

'……신기한 애야.'

강미자는 오늘 처음 만난 사이임에도 불구하고 이성진에게 자신이 생각한 것 이상으로 속내를 많이 드러내고 말았다는 걸 뒤늦게 깨달았다.

'그 점은 설훈 씨에게 들은 대로네.'

조설훈도 언젠가 이성진에 대해 언급하면서 왠지 모르게 그 소년이 하는 말은 팥으로 메주를 쑨대도 신뢰가 가는 느낌이란 식의 소감을 그녀에게 전한 적이 있었다.

지금은 구치소에 있는 조세광 역시도 이성진을 꽤 좋아해 주었고, 그에게 이성적으로 끌림을 느끼고 있는 조세화는 말할 것도 없다.

'그런 걸 알고 남을 이용하려 드는 건 조금 얄밉지만.'

남에게 신뢰와 호감을 안겨다 주는 인상이란 사업가에게 유용한 자질이니, 분명 저 소년은 장래 대성할 것이리라.

'그나저나.'

강미자가 표정을 딱딱하게 굳혔다.

"김 실장."

강미자의 호출에 김 실장이 즉각 다가왔다.

"예."

"듣고 의견을 말해 줘요."

강미자는 거실로 향하며 이성진과 나눈 대화를 들려주었다.

"어떻게 생각해요?"

"이상합니다."

김 실장이 즉답했다.

"느낌이기는 합니다만, 저는 누군가가 세화 아가씨를 이용하고 있다는 생각마저 듭니다."

강미자가 소파에 앉으며 고개를 끄덕였다.

"저도 그렇게 생각했어요. 일부러 다른 파벌끼리 항쟁을 조장해서 어부지리를 노리는 것처럼, 이번에도 누군가가 조광을 이용해 마약 밀매 조직을 대신 치게 한 거라고."

강미자는 곰곰이 생각하다가 말을 이었다.

"뭐, 그건 세화도 알고 있는 것 같긴 하지만요. 그보다 석동출이란 사람을 찾는 일은 어떻게 됐죠?"

"알아보고 있습니다."

강미자가 빙긋 웃으며 김 실장을 보았다.

"늦네요."

"죄송합니다."

"됐어요."

강미자가 심드렁하게 말했다.

"그보다는 왠지 세화에게 정보를 제공했다는 사람이 그 경찰을 써먹고 있다는 느낌이 드는데……. 이번 기회에 부산 조폭들이 어떻게 하고 있는지 한번 알아보세요. 전에 없던 사람이 요직을 차지하고 있다면 마각을 드러낼 테니까."

"예, 알겠습니다."

"이만 가 보세요."

"예."

김 실장이 고개를 꾸벅 숙인 뒤 물러나자 강미자는 소파에 턱을 괴고 지그시 눈을 감았다.

"그럼 사장님, 오늘 하루 고생하셨습니다."

집 앞까지 나를 바래다준 유상훈이 차창을 내려 내게 인사했다.

"공복이라고 하셨는데, 저희 집에서 식사라도 하고 가시죠."

내 말에 유상훈이 웃었다.

"하하하, 말씀은 감사합니다만 저도 염치가 있죠. 돌아가는 길에 적당히 챙겨 먹겠습니다."

유상훈은 능청스레 내 말을 받은 뒤 말씨를 바꿔 가며 고개를 꾸벅 숙였다.

"그러면 들어가십시오."

그는 이번 일을 수습해 준 내게 감사 인사를 하는 것이리라.

'애당초 시킨 것도 나이니, 그럴 필요는 없는데 말이야.'

유상훈은 그의 성격상, 자신의 선에서 일을 마무리 짓지 못한 것을 자책한 것이겠지만.

"예. 또 뵙겠습니다."

유상훈이 차를 몰고 언덕 아래로 내려간 뒤, 나는 저택으로 향했다.

"오빠 왔어?"

현관으로 들어서니 한성아가 쪼르르 달려와 나를 반겼다.

"응."

"있지, 오빠. 오늘 손님 왔다?"

"손님?"

"응, 거실로 가 봐, 빨리."

늦다면 늦은 시간인데, 이 시간까지 손님이 돌아가지 않고 있다니.

'게다가 한성아가 은근히 호들갑을 떠는 걸 보면…… 이성

진의 친척이나 이휘철 쪽 손님은 아닌 거 같은데.'

의아해하며 거실로 갔더니, 웬일로 (이태석을 제외한)온 가족
이 거실에 모여 북적이고 있었다.

"아."

그러던 와중 어느 여자애가 소파에서 벌떡 일어서며 나를
보았다.

나 또한 그녀를 어디서 본 듯한 얼굴이라고 생각했더니.

'크리스?'

비디오로 본, 백하윤이 데리고 왔다던 바이올린 신동이 우
리 집에 있었다.

2장

'나 원, 벌써부터 여기 올 생각은 없었는데.'

크리스는 자신을 중심으로 복작복작 화기애애하게 둘러싼 이 집 식구들 면면을 살피며 새삼스레 당황하고 있었다.

'정말이지 사람 일이란 알 수 없는 거로군.'

용산에서 컴퓨터를 산 뒤, 한성진은 강이찬과 함께 그녀가 얹혀사는 백하윤 저택까지 와서 설치를 도와주었다.

인터넷이 무사히 작동하는 것까지 확인한 한성진은 크리스에게 문득 제안했다.

「크리스, 괜찮으면 우리 집에 갈래?」

아무리 용건이 끝났다지만 동생보다 어린애를 이 집에 혼자 방치해 두는 것이 못내 마음에 걸렸던 한성진은 자연스럽게 참견을 했다.

「그 집 식구들이라면 다들 크리스를 반겨 줄 거야.」

　한성진을 돌려보내고 인터넷으로 정보 검색을 해 보려 했던 크리스는 크리스대로, 한성진의 제안에 귀가 솔깃했다.
　'그래, 지금이 아니면 그 집에 갈 계기를 만드는 게 힘들지도 몰라.'
　그래서 크리스는 짧은 내적 갈등 끝에 고개를 끄덕여 한성진의 제안을 따랐다.

「갈게..」

　그렇게 크리스는 전생을 통틀어도 실로 오래간만에 본가에 다시 발을 들이게 되었다.
　'새삼 느끼는 거지만 이 집은 예나 지금이나 여전한 것 같군.'
　전생에도 여건이 허락하자마자 일치감치 이 집을 떠나왔던 크리스였지만, 그래도 어릴 적부터 살아온 집에 애착이 들지 않을 리가 없었다.

"오빠, 왔어?"

현관의 인기척을 느끼자마자 이희진의 손을 꼭 잡고 인사를 나온 한성아는 크리스와 강이찬의 모습에 고개를 갸웃했다.

오가며 얼굴을 본 적이 있던 강이찬은 둘째치고, 크리스는 생판 초면이었던 것이다.

"아, 성아야. 여기는 백하윤 선생님 제자인 크리스라고 해."

"크리스?"

낯을 가리며 한성아 뒤로 숨은 이희진과 달리, 한성아는 잠시 크리스를 물끄러미 보다가 활짝 웃으며 인사했다.

"안녕! 나는 한성아야. 이름이 이상하네."

"미국 사람이거든."

한성진의 말에 한성아는 눈을 동그랗게 떴다.

"와, 진짜? 그러면……. 아, 이게 아니지. 흠, 흠. Hello, My name is 한성아. How old are you?"

크리스는 떨떠름한 얼굴로 대답했다.

"여덟 살쯤?"

"어라, 한국말 잘하네? 근데 한국에서 여덟 살이면 나한테는 언니라고 불러야 해."

"……."

한성진이 픽 웃으며 한성아를 말렸다.

"그래도 아직 한국 문화는 잘 모르는 거 같더라. 그러니까 성아 너도 그쯤 해 둬."

"아, 응. 아 참, 희진아 너도 인사해야지. 너한테는 언니야."

한성아의 등 뒤에 숨어 있던 이희진은 크리스를 힐끔 쳐다보곤 한성아의 등에 다시 고개를 파묻었다.

"미안. 얘가 낯을 가리는 편이어서. 이 집에는 우리 나이 손님이 잘 안 오거든."

"……아, 그래."

이희진의 그런 모습에 크리스는 새삼스러운 기분을 느끼며 한성아의 말에 고개를 끄덕였다.

'이희진 저년이 원래 저랬던가?'

전생에는 일치감치 집을 나와서 이희진이 어떻게 성장했는지, 크리스는 도통 기억이 가물가물했다.

'언젠가 명절에 집에 갔을 때, 깨닫고 보니 싸가지 없고 건방진 계집애가 되어 있더라는 기억은 있지만.'

게다가 저 이희진은 장성해서 자신의 자리를 위협하는 지경까지 올라, 그녀와는 은근한 경쟁 관계에 놓여 있었다는 기억마저 떠올랐다.

'아무튼 예나 지금이나 마음에 안 드는 년이라니까……. 응?'

그런데 이희진이 한성아의 옷깃을 당겨 귓속말을 하더니

다시 쏙 숨었고, 한성아는 웃는 얼굴로 크리스를 보았다.

"희진이가 크리스 너 공주님 같대."

"……."

저년이 남의 입을 빌려서 욕을 하네. 아니 칭찬인가?

"아, 이찬 오빠도 오랜만이에요."

"음."

한성아의 인사에 강이찬은 짧게 고개를 끄덕였다.

그나저나.

크리스는 한성아를 새삼스레 쳐다보았다.

'얘가 원래는 이렇게 낯을 안 가리는 성격이었나?'

한성아는 지금 낯을 가리기는커녕, 사교의 중심에 서서 모두를 중재하는 입장이었다.

뭐, 이상하기로 따지면 당장 오늘 하루 붙어 다닌 한성진도 마찬가지였지만.

"왔니? ……어머."

서명선이 현관으로 왔다가 크리스를 발견하곤 눈을 동그랗게 떴다.

'엄마.'

마음의 준비는 하고 있었지만, 실제로 보고 나니 크리스는 저도 모르게 말문이 막히고 말았다.

한편 서명선은 놀란 눈 그대로 강이찬의 정중하고 사무적인 인사를 받은 뒤에야 한성진을 보며 그에게 물었다.

"누구니?"

"아, 네. 사모님. 이 애는 크리스라고 해요. 크리스, 사모님께 인사드려."

한성진의 중재에 크리스는 엉겁결에 고개를 꾸벅 숙였다.

"처음…… 뵙겠습니다."

"어머어머."

서명선이 입가에 손을 가져다 댄 채 호들갑을 떨었다.

"크리스? 인형처럼 예쁘네. 그나저나 한 군도 참."

서명선이 한성진의 어깨를 찰싹 때렸다.

"여자 친구?"

"아니, 그런 게 아니라……. 그 왜, 있잖아요. 백하윤 선생님이 미국에서 데려왔다던 애요."

"아하. 이 애가 그 애구나? Hello……."

"사모님, 얘 한국말 잘해요."

"그래? 다행이다. 나도 영어를 안 한 지 오래라서 조금 가물가물했는데."

서명선이 눈높이를 맞추며 크리스에게 인사했다.

"안녕, 크리스. 나는 서명선이라고, 나도 백하윤 선생님 제자란다. 만나서 반가워."

"……저도요."

서명선은 빙긋 웃으며 허리를 일으켰다.

"그보단 여기서 이럴 게 아니라 거실로 가자꾸나. 그래, 선생님은 잘 계시고?"

"네."

한성진은 크리스를 보며 '뭐야, 존댓말 잘하네' 하고 생각했다.

"저녁 아직 안 먹었지? 냉장고에 뭐가 있는지는 잘 모르겠지만 최대한 맛있는 거 해 줄게. 좋아하는 거 있어?"

"괜찮아요."

"얘도 참. 사양할 거 없어. 이찬 씨?"

잠자코 있던 강이찬이 대답했다.

"예, 사모님."

"괜찮으면 이찬 씨는 안동댁 아주머니 좀 도와주시겠어요? 냉동고에 고기 좀 꺼내 와야겠는데."

"문제없습니다."

"고마워요. 힘 좀 써 주세요."

강이찬은 안동댁을 따라 별채로 향했고, 크리스는 안동댁을 보며 복잡한 기분으로 그녀를 보았다.

'안동댁 아줌마는 아직 이 집에 있군. 혹시 우리 집 돈을 횡령한 게 아직 안 들킨 건가.'

뭐, 어차피 푼돈이기는 하지만 당시 크리스는 어린 마음에 남모를 배신감에 치를 떨었던 기억이 났다.

"한 군은 잠시 나 좀 도와줄래? 성아는 크리스랑 같이 좀 놀아 주고."

"네, 사모님."

한성진은 자연스럽게 서명선을 따라 부엌으로 갔다.

"한 군도 참, 미리 전화를 해 주지 그랬어."

"죄송해요."

"아니아니, 뭐라 하려는 건 아니고. 나도 손님이 올 줄 알았으면 준비를 해 둘 건데 싶어서. 어째 민정이 정도가 아니면 너희 친구들은 이 집에 오질 않잖니."

어떤 의미에선 저는 얹혀사는 입장이니까요.

한성진은 대답 대신 어색하게 웃었다.

'그래도 그렇게 말씀드리면 서운해하실테니까.'

그러던 서명선이 한성진에게 슬쩍 물었다.

"그런데 한 군아, 저 애 바이올린 잘하니?"

"모르겠어요. 저도 아직 들어 본 적이 없어서요."

"흐음, 그렇구나."

서명선은 어딘지 모르게 복잡한 얼굴로 고개를 끄덕였다.

한편, 크리스는 멀어지는 서명선의 뒷모습을 보며 생각했다.

'이게 정말 우리 가족인가?'

크리스의 기억 속에서 가족의 이런 단란한 모습은 거의 없다시피 했고, 그나마 마지막으로 남아 있던 화목했던 모습은 이휘철이 살아 있을 때였다.

'혹은.'

크리스가 한성아를 힐끗 보았다.

'……저 가족이 우리 집에 들어오기 전이든가.'

물론 이휘철이 아직 살아있다는 건 알고 있었지만, 그래도 이렇게까지 차이가 나다니.

크리스는 꿈에 그리던 그리운 옛 집과 가족들을 다시 만났음에도 마치 드라마 세트장처럼 그린 듯 화목한 모습에 도통 적응이 되질 않았다.

"브아."

한성아를 따라 거실로 갔더니, 이제 갓 걸음마를 뗀 쌍둥이 둘이 보행기에 의지해 한성아에게 손을 뻗었다.

"얘들은 누구야?"

이제 하다하다 집안에 탁아소라도 차렸나 싶어 물으니 한성아가 애들을 보살피며 의외의 대답을 내놓았다.

"아, 얘들? 남자애는 이하진, 여자애는 이유진. 희진이 동생이야."

"……뭐?"

아마 새로 고용한 고용인들이 데려온 애들이겠거니 생각한 크리스는 어리둥절한 얼굴로 쌍둥이를 쳐다보았다.

'이것들이 내 동생이라고?'

전생에 존재한 적 없던 동생이, 그것도 둘씩이나 생겼다.

'……이거 참.'

크리스는 속으로 혀를 찼다.

'얼씨구 어째 이번 생에는 부부 금슬까지 좋아진 모양인데.'

이 집의 낯선 분위기에 적응하지 못하던 크리스는 이제 그냥 그러려니, 받아들일 준비마저 했다.

'뭔가, 우리 가족의 얼굴을 한 사람들이 있는 다른 집에 불쑥 쳐들어온 기분마저 드는군.'

아직 구성원 모두를 만나 본 것도 아니지만, 크리스는 그렇게 생각하고 말 정도로 이 집안의 꾸민 것처럼 보이기까지 하는 화목한 분위기에 당황하고 있었다.

한성아가 그런 크리스를 물끄러미 보다가 그 곁에 앉으며 불쑥 물었다.

"낯설어?"

"……응? 아, 응."

"괜찮아. 사모님도 사장님도, 그리고 회장님이랑 성진이 오빠도 다들 좋은 사람이거든."

이희진이 토라진 얼굴로 끼어들었다.

"언니, 나는?"

"응, 희진이도 당근이지."

"당근? 아하하하!"

별것 아닌 말장난에 이희진은 애답게 꺄르르 웃으며 한성아와 크리스 사이에 비집고 들어와 앉았다.

"근데 언니, 이름이 크리스야?"

서명선과 인사를 나누어서 그런지, 이희진은 방금 전 낯을 가리던 모습은 오간 데 없이 친근하게 말을 붙였다.

　"응."

　"그럼 크 씨야? 이상하다. 나는 이 씨인데."

　"……크리스티나 밀러. 성씨는 밀러고, 이름은 크리스티나."

　"크리스띠나. 어렵다."

　"그냥 남들처럼 크리스라고 불러."

　"응, 크리스 언니."

　……뭐, 나중이 문제지, 그래도 아직은 귀여운 나이이긴 하네.

　"맞다, 크리스. 아까는 말 못 했는데."

　"응?"

　"사모님은 있잖아, 사모님이라고 불러야 해. 아줌마라고 부르면 화낸다?"

　"……아, 그래?"

　생각해 보니 엄마는 이상하게 아줌마라는 호칭에 좀 민감했지.

　"응, 그래서 성진이 오빠도 우리가 이 집에 처음 왔을 때 그랬어. 사모님을 아줌마라고 부르지 말라고. 나는 깜빡하고 아줌마라고 불러서 사모님이 언짢아하셨지만."

　"……."

한성아의 말에 크리스는 멈칫했다.

'이성진이 그런 말을 했다고?'

그렇다는 건, 이성진은 이 집안의 암묵적인 규칙에 꽤 정통해 있다는 의미일 터.

'……그럼, 이성진은 대체 누구지?'

깊이 알아보진 않았지만 그가 사업을 벌이는 행태를 보면 최소한 그는 전생, 즉 근미래의 흥망성쇠를 꿰고 있는 것은 분명해 보였다.

'이 집안에 대해 꽤 잘 알고 있으면서도 전생에 대한 기억이 있는 인물…….'

따지고 보면 환생을 한 이 상황 자체가 지금껏 알고 있던 상식의 궤를 벗어나 있는 것이긴 하지만, 그래도 이 몸뚱이로 몇 해를 지내 본 바, 어느 정도는 예전에 알고 있던 상식의 궤에 상황을 끼워 맞추는 것은 가능했다.

'아직은 이거다 싶을 정도의 확신을 갖기에 단서가 부족하군.'

하지만 자신의 얼굴을 하고, 자신의 이름을 써서, 어딘가 누군가가 꿈꾸는 이상적인 가정의 모습까지 꾸린 이성진에 대해 떠올리려니 크리스는 속이 불편해졌다.

"이거 어째, 오늘따라 평소보다 더 소란스럽구나."

그때 거실에 딸린 반대편 복도에서 이휘철의 느긋한 목소리가 들렸다.

"회장님!"

"할아버지!"

서재에서 나온 이휘철을 발견한 한성아가 웃으며 일어섰고, 이희진은 이휘철에게 쪼르르 달려가 그 품에 안기기까지 했다.

"어이쿠, 이제는 희진이가 많이 무거워 졌는걸."

"할아버지, 숙녀한테 그런 말은 하면 안 돼요."

"하하하, 알았다, 알았어."

그러면서 이휘철은 저도 모르게 앉은 자리에서 벌떡 일어선 크리스를 물끄러미 보았다.

'할아버지!'

정말로 이휘철이었다.

이휘철이 이희진을 안은 채 소파로 다가왔다.

"그래, 처음 보는 아이가 있구나. 너는 누구냐?"

크리스가 떨리는 목소리로 대답했다.

"크리스……입니다."

"크리스?"

"크리스티나 밀러입니다. 회장님."

이휘철이 소파에 앉으며 고개를 끄덕였다.

"한국말을 잘하는구나. 앉아라."

"예."

"너무 어려워 할 거 없다. 또, 성아가 뭐라고 한 건지는 모르겠지만 회장님이라고 부를 필요도 없고."

이휘철의 말에 한성아가 웃었다.

"습관이 들었거든요."

"어허, 내가 회장직에서 물러난 지가 언젠데. 남들이 들으면 혹시 아직 미련이 남은 건 아닌가, 의심한단다."

"조심할게요, 회장님."

어째, 친손주처럼 친근하게 농담을 주고받기까지 했다.

크리스는 그 모습에 공연히 속이 불편해졌다가, 그게 질투인 걸 깨닫곤 속으로 픽 웃었다.

'나도 참, 애도 아니고……. 응?'

그때 크리스는 이휘철의 시선을 느끼고 퍼뜩 정신을 차렸다.

관찰.

이휘철은 자상한 이웃집 할아버지 같은 얼굴을 한 채로, 크리스를 날카롭게 관찰하고 있었다.

'……이게, 할아버지의 원래 모습인가.'

이휘철이 어떤 인물인가 하는 세간의 평은 크리스도 잘 알고 있었다.

하지만 크리스에게만큼은 언제까지나 응석을 받아 주는 자상한 할아버지였고, 그래서 이휘철의 사후에 들려오는 이런저런 후일담에도 내심 코웃음을 쳐 왔는데.

'세간의 평가가 허투루 나온 건 아닌 모양이군.'

크리스는 등줄기가 오싹해짐을 느꼈다.

이휘철이 물었다.

"그래, 이 집에는 어떻게 왔느냐?"

꽤 포괄적인 질문에 크리스는 잠시 생각하다가 대답했다.

"한성진과 함께 왔습니다."

"한 군이랑?"

"예. 오늘 한성진이 컴퓨터 사는 일을 도와주었어요."

이휘철이 고개를 끄덕였다.

'그런데 새삼 할아버지께서 무슨 생각을 하시는지 전혀 알
수가 없군.'

한국어를 잘 못하는 척 할 걸 그랬나?

아니, 크리스는 이휘철이라면 왠지 자신의 그런 어쭙잖은
연기를 한눈에 간파해 낼 것 같단 생각이 들었다.

잠자코 있던 한성아가 끼어들었다.

"근데 크리스, 아까 오빠가 그랬는데 너 백하윤 선생님 제
자라면서?"

"아, 응."

"그러면 너도 바이올린 하니?"

'너도?'

아무래도 이번 생의 한성아는 바이올린을 익히고 있는 모
양이었다.

"응."

"진짜? 그러면 백하윤 바이올린 몇 권까지 뗐어? 나는 2권!"

한성아는 자신 만만하게 손가락 두 개를 펼쳤다.

'호오, 이 나이에 2권? 제법이군.'

그렇다니 한성아가 자부심을 가질 만도 했다.

어쩌면 한성아는 바이올린에 소질이 있었던 걸지도 모르겠다.

'아니, 그런 생각을 할 때는 아닌가.'

크리스는 공연히 이휘철의 눈치를 살피며 대답했다.

"5권."

"진짜?"

한성아가 펄쩍 뛰었다.

"크리스 너, 거짓말하면 안 된다?"

"진짜야."

이휘철이 한성아에게 물었다.

"그게 대단한 거냐?"

"네, 회장님! 사모님이 그러셨는데, 대학생 언니 오빠들도 5권까지 가는 거 어렵다고 그러셨어요."

"호오."

"아, 이성진 오빠도 5권까지 할 줄 알던데."

한성아의 중얼거림에 크리스가 움찔했다.

'응? 이성진 그놈이 그 정도라고?'

이휘철이 빙긋 웃으며 크리스를 보았다.

"그러면 어디 한번 들어 볼 수 있겠느냐? 바이올린은 성아 걸 빌리면 될 테고."

흠, 여기 온 것만 해도 예정에 없던 일인데, 심지어 바이올린도 하게 될 줄이야.

"네, 회장님. 잠시만 기다려 주세요."

소파에서 내려온 한성아는 쪼르르 2층으로 달려갔고, 이휘철은 그런 한성아를 허허 웃으며 바라보다가 크리스를 향해 고개를 돌렸다.

"그래, 백하윤 대표의 제자라고?"

"……그렇습니다."

"그렇다면 미국에서 온 바이올린 신동이라는 것이 바로 너인 모양이구나."

크리스는 이휘철이 자신의 존재를 알고 있다는 것에 조금 놀랐다.

"놀랄 거 없다."

이휘철이 자상한 얼굴로 웃었다.

"이래저래 귀에 들리는 소문이 많이 있거든. 그래, 백하윤 대표가 미국까지 건너가 손수 데려왔다니 너도 어지간한 인재인 모양이구나."

"……과찬이십니다."

"한국말도 잘하고. 미국 어디에서 왔느냐?"

"브룩클린입니다."

"브룩클린이라."

이휘철은 그렇게 맞장구만 쳐주곤 더 이상 묻지 않아서, 크리스는 그가 자신에 대해 어느 정도까지 알고 있는지 갈피를 잡기 힘들었다.

"언니, 바이올린 잘해?"

이희진의 질문에 크리스는 고개를 끄덕였다.

"그래."

이희진은 나이에 어울리지 않게 꽤 복잡한 표정이 됐다.

"우리 오빠보다?"

"……글쎄."

크리스가 이휘철의 눈치를 살피며 대답했다.

"나도 네 오빠는 아직 본 적이 없어서."

"흐응. 그치만 우리 오빠가 더 잘할 거다, 뭐."

"……."

질투하는 건가.

'어떤 의미에선 내가 네 오래비다만.'

이휘철이 이희진의 머리를 쓰다듬었다.

"신경 쓸 거 없다. 얘가 제 오라비를 무척 따르다 보니. 허허."

"……아뇨, 괜찮습니다."

이성진은 이희진과도 원만하게 지내는 모양이다.

'뭐, 나중에 경영권으로 치고받으려면 친한 게 더 낫긴 할 테지만.'

그러며 잠시 기다렸더니 한성아가 계단을 뛰어 내려왔다.

"가져왔어!"

"성아야, 계단에서 뛰다간 성진이처럼 다칠라."

"아, 죄송해요. 회장님."

"뭘, 조심하거라."

들으니 이성진은 한 차례 계단에서 굴렀던 모양이지만, 크리스는 그 말을 가볍게 흘러 넘겼다.

"자, 여기 바이올린."

크리스는 한성아가 건넨 바이올린을 받아 들었다.

'흔하게 볼 수 있는 초보자용 바이올린이군.'

한성아가 덧붙였다.

"참고로 성진이 오빠는 이걸로 콩쿠르에서 파가니니 연주 해서 박수 받았다?"

파가니니를 연주했다고?

'백하윤 교본 5권을 뗐다더니, 제법 하는 녀석이군.'

혹시 전생에 바이올린과 관련한 일을 한 걸까.

크리스는 그렇게 생각하며 바이올린을 어깨에 끼우고 음을 조율했다.

"어, 조율기 없이도 음 맞춰?"

"응."

"진짜 잘하나 보네."

크리스는 한성아의 중얼거림을 한 귀로 흘리며 머릿속으로 생각했다.

'전력을 다 할 필요는 없겠지.'

흠.

크리스는 한 차례 숨을 고른 뒤 바이올린 활대를 선 위로 가볍게 얹었다.

내가 크리스를 보는 것처럼, 크리스도 나를 보고 있었다.

'비디오 화질로 보던 것보다 더 예쁘장한걸. 꽤 상품성이 있어 보이는군.'

그나저나, 왠지 낯이 익은 게 어디선가 그녀를 본 것 같단 생각이 든다.

'비디오로 봐서 낯이 익은 건가?'

나는 그렇게 생각하면서 일단 그 자리에 있던 이휘철에게 먼저 인사했다.

"다녀왔습니다, 할아버지."

"그래. 오늘은 꽤 일찍 왔구나. 저녁은 먹었고?"

"예."

이휘철이 고개를 돌려 한성진을 보았다.

"그렇다고 하니 한 군은 애들 데리고 먼저 부엌으로 가려무나."

"네, 회장님."

한성진은 내게 눈인사를 한 뒤, 한성아와 이희진을 데리고 먼저 부엌으로 갔다.

"그래, 성진이는 이미 밥 먹고 왔다고?"

사모가 내게 다가와 뒤늦게 물었다.

"네."

"회사에서?"

"비슷해요. 그런데…….."

나는 어째 복잡한 표정의 사모에게서 시선을 돌려 크리스를 보았다.

"아 참, 너희 아직 만나 본 적 없댔지? 크리스, 얘가 성진이야. 내 아들."

나를 멀뚱멀뚱 쳐다보고 있던 크리스는 사모의 말에 고개를 꾸벅 숙였다.

"안녕하세요."

"응, 안녕. 네가 크리스구나?"

"……예."

그런데 어째, 데면데면하다.

'묘하게 적대적인 것 같기도 하고. 기분 탓인가.'

저 여자애한테 원망 받을 일을 한 기억은 없으니, 평범하게 낯을 가리는 중일지도 모르겠군.

사모가 크리스의 어깨에 부드럽게 손을 얹었다.

"그럼 크리스도 인사했으니까, 부엌에 가서 밥 먹자."

"……예."

크리스는 고개를 꾸벅 숙인 뒤, 나를 한 번 더 쳐다보곤 한성진이 갔던 부엌으로 꽤 익숙하게 발걸음을 옮겼다.

"휴우."

크리스가 물러나자 사모가 애틋한 한숨을 내쉬었다가 이휘철에게 민망해하는 얼굴로 사과했다.

"죄송해요, 아버님."

"아니다. 그럴 수도 있지."

이휘철이 픽 웃으며 나를 보았다.

"방금 전까지 저 애의 바이올린 연주를 듣고 있었단다."

"그러셨군요."

사모의 표정을 보니, 아무래도 크리스의 실력은 진짜배기였던 모양이다.

이휘철이 내게 손짓해 나를 자신의 옆자리에 앉힌 뒤 말을 이었다.

"그래, 나는 교양이 부족해서 잘 모른다만 며늘아기의 반응을 보니 저 애의 실력이 꽤 대단한 모양이구나."

"꽤 대단한 정도가 아니에요, 아버님."

사모가 고개를 저었다.

"저 정도 실력은 저 애의 나이를 감안하지 않더라도……
지금 당장 무대에 서도 프로로 통할 정도인걸요."

"그 정도냐?"

"네. 인지도만 조금 더 올리면…… 예술의 전당에서 단독
콘서트를 열어도 될 정도라고 생각해요."

바이올린에 관해선 냉정하게 평가하는 사모의 말이니, 정
말로 대단한 모양인데?

"허허."

이휘철이 턱을 쓸었다.

"아무래도 백하윤 대표가 대단한 인재를 발굴해 낸 모양이
로고."

"정말이에요. 어디서 저런 애를……."

그러면서 사모는 아쉬움이 남는 얼굴로 나를 보았다.

이휘철 앞이어서 말을 아끼고 있겠지만, 그녀는 내가 가
진 바이올린 재능도 그녀 못지않다는 식의 말을 하고 싶은
듯했다.

'흠, 나랑 비교가 될 정도면…… 진짜 배기겠군.'

자의식 과잉이 아니라, 내가 생각하기에도 내 바이올린 실
력은 신내림을 받은 느낌이어서 남 이야기하듯 객관적으로
평가할 수 있다.

"아무튼 알겠다. 아가는 가서 아이들이나 챙겨 주어라."

저번에 쓰러진 이후, 이휘철은 따로 건강식으로 상을 차려

먹고 있었다.

　게다가 오늘은 크리스도 왔겠다, 사모가 모처럼 실력 발휘를 한 모양이니 애들이 좋아하는 기름진 요리는 이휘철이 거들떠 보지도 않고.

　"네, 아버님. 실례하겠습니다."

　사모는 내 머리를 쓰다듬어 준 뒤 여운인지 미련인지 모를 감정을 끌어안은 채 주방으로 발걸음을 옮겼다.

　"그렇다고 하는구나."

　이휘철이 툭하고 말했다.

　"녀석, 조금만 더 일찍 오지 그랬냐."

　"……죄송합니다."

　"농담이다."

　이휘철이 미소 띤 얼굴로 말을 이었다.

　"방금은 네 어머니의 입을 빌리긴 했다만, 막귀인 내가 듣기에도 대단하더구나. 이거, 한동안 백하윤 대표 어깨가 내려갈 날이 없겠어."

　이휘철이 껄껄, 웃음을 터뜨렸다.

　뭐, 백하윤은 한동안 이휘철을 상대로 내 바이올린 재능을 썩혀선 안 된다며 정면 협상까지 한 사람이니, '나 못지않은' 재능의 소유자인 크리스의 등장에 오히려 귀찮은 일이 사라졌다며 가슴이 후련하지 않을까.

　"게다가 기분 탓인지는 모르겠지만…… 저 정도도 본래 실력이 아닐지도 모르고."

"예?"

"아니다. 흘려들어라. 그냥 느낌일 뿐이니까."

다른 사람은 몰라도 이휘철의 느낌은 한 귀로 흘려듣기 힘든데.

"아무튼 저 아이를 발굴하는 일에 너도 꽤나 큰 도움을 주었다고 하니, 한동안 거래에 이롭겠구나."

이 와중에도 내가 얻을 이익을 헤아려 주는 걸 보면 과연 이휘철이라고 해야 할지.

"저도 그렇게 생각합니다, 할아버지."

"음. 이번 기회에 그쪽이 필요로 한다면 우리 재단이랑 연결도 고려해 보거라. 우리 재단이 후원하는 음악가가 대성한다면 기업 이미지에도 긍정적인 효과가 날 터이니까."

"예, 할아버지."

이휘철도 내색은 하지 않지만, 크리스는 이휘철의 마음까지 사로잡은 모양이었다.

"헌데 가만 보면……."

이휘철은 무어라 이어서 말하려다가 입을 꾹 다물었다.

"예?"

"아니, 아무것도 아니다."

이휘철은 진지한 얼굴로 고개를 저은 뒤, 부드러운 얼굴로 표정을 고쳐 나를 보았다.

"왠지 말하고 보니 욕심이 나는군. 방금 말을 철회하도록 하마. 저쪽이 원하면 그럴 것이 아닌, 저 애를 우리 재단이 후원하도록 백하윤 대표와 협상을 하자꾸나."

"……."

거참, 난데없이 불똥이 여기로 튀네.

쾅!

"최봉식이 어따 숨겼냐고 묻잖아!"

참다못한 김강철이 취조실 탁자를 주먹으로 내려쳤지만, 서동호는 담담한 얼굴로 그를 물끄러미 올려다볼 뿐이었다.

"거 형사님도 참. 저도 모른다고 몇 번이나 말씀드리지 않았습니까. 뭐, 혹시 모르죠. 저희 모르게 어디 가서 첩질이나 하고 계실지도."

"이 새끼가……."

서동호를 향해 으르렁거리던 김강철은 결국 부하가 말리는 통에 간신히 서동호의 멱살을 쥐지 않을 수 있었다.

"선량한 시민이 이렇게 자발적으로 경찰 조사에 응하고 있는데, 민중의 지팡이께서도 조금 친절하게 대해 주셔야 피차가 좋은 거 아닙니까?"

"넌 좀 닥쳐."

김강철을 대신한 부하의 일갈에 서동호는 능청스럽게 어깨를 으쓱였다.

"아무튼 봉식이 형님이 어디 계신지는 저도 모르는 일입니더. 아, 애들 말로는 뭐라더라 어제 해외에서 들여 오는 소금 거래를 가지고 무슨 트집을 잡으셨다믄스요?"

"……후."

이건 숫제 일부러 시비를 걸고 있다.

몇 년 전만 하더라도 조폭 나부랭이가 경찰 앞에서 고개를 빳빳이 들고 있는 건 상상도 못 할 일이었지만, 말세이긴 한 모양이다.

'이래가 내 금마들을 풀어 주면 안 된다꼬 한 긴데.'

김강철은 속으로 욕설을 중얼거리며 드르륵, 언제 날아 갔는지 모를 접이식 의자를 끌어와 서동호의 맞은편에 앉았다.

"마, 됐다. 그라믄 서동호 니는 어제 어디서 뭐 하고 있었노?"

"아까 말씀드린 대로입니더. 지가 거래처에서 낮술을 해가, 그대로 뻗어가 자고 일났드만 새벽이던데예."

"……오늘은?"

"뭐어, 거기서 자고 일어나가, 새벽부터 얼음 채우는 거 도왔심더."

"얼음?"

"예. 물고기예. 선어가 잔뜩 들어와가 내 같은 놈 손이라도 빌리야 한다고 거기 사장이 우째 사정사정을 해가…… 욕 봤심더."

"……."

그렇게 말하며 서동호는 안 쓰던 근육을 써서 피곤하다는 듯 어깨를 풀었다.

"정 못 믿겠으믄 뭐시냐, 알리바이? 그거 함 알아보믄 되는 거 아입니꺼."

어차피 놈이 그 시간에 뭘 했건 전부 입을 맞춰 두었을 것이 분명했다.

서동호의 알리바이에 대한 입증 책임은 이쪽에 있고, 이미 짜 놓은 판의 허점을 비집고 들어가기에는 시간과 인력, 예산 모두가 부족한 것이 김강철이 처한 현실이었다.

"좋다. 그렇다 치자. 하모 니……."

김강철은 그에게 '마동철을 알고 있느냐'고 물으려다 입을 다물었다.

「저도 아직 확신은 하지 못합니다만, 어쩌면 체포하신 마동철이 위장 잠입 중인 동료인 것 같아서 말입니다.」

머릿속으로 정진건의 당부가 기억났기 때문이었다.

"……."

"······뭔데예?"

"아이다."

김강철이 고개를 저었다.

"어제 오늘 있었다던 거래처 명함 있으면 그거 놓고 가라."

"하모예."

서동호가 품을 뒤져 명함을 꺼내 취조실 탁자에 올려놓았다.

"그라믄 이제 가 봐도 되겠습니꺼?"

"······그래."

서동호가 자리에서 일어나 재킷을 고쳐 입었다.

"하믄 욕 보이소. 배웅은 됐습니더."

서동호가 취조실 문 앞에 섰고, 김강철의 눈짓을 받은 부하는 마지못해 문에서 비켜섰다.

서동호가 취조실을 나서자 부하는 문을 걸어 잠그며 김강철을 보았다.

"거기 전화해 보실랍니까?"

"아니."

김강철이 한숨을 내쉬었다.

"해 봐야 다 말을 맞춰 뒀을끼라. 영장도 없는데 여기저기 들쑤시고 다니믄 또 우리만 욕먹는다."

"옘병, 세상이 우째 될란가. 저런 깡패 새끼 비위 맞춰 줄라꼬 경찰 된 게 아인데."

"……내 말이."

분명, 서동호 저놈은 이 일에 어떤 식으로 관여하고 있을 것이다.

김강철이 가진 형사의 감은 그렇게 말하고 있었지만, 과학 수사니 뭐니 하는 시대가 오면서부터는 이제 단순히 감만으로 사람을 구치소에 붙잡아 둘 수 없는 시대가 됐다.

"됐다. 정리나 하자."

"예, 선배님."

김강철이 부하와 함께 취조실의 재떨이를 비우고 있으려니 똑똑, 취조실 문을 두드리는 소리 뒤 문이 열렸다.

"김 형사, 나 좀 보지."

반장이었다.

"예? 아, 옙."

김강철은 부하에게 일을 맡긴 뒤, 반장을 따라갔다.

"서동호 취조는 우쨌노."

반장의 질문에 김강철은 그 뒤를 따라 걸으며 떨떠름한 얼굴을 했다.

"뭐 없었습니더. 최봉식이가 어디 갔는가 하는 거는 모른다고 잡아떼는 게 눈에 보이고."

"글나."

반장은 덤덤하게 김강철의 말을 받으며 경찰서 밖으로 발걸음을 옮겼다.

"근데 반장님, 어디 가십니꺼?"

"음, 서장님이 니 함 보잔다."

"……서장님이예?"

난데없는 서장의 호출이라니, 김강철은 의아해했다.

그러잖아도 서장에게 이번 일이 어떻게 되었는가 묻고 싶은 마음이 굴뚝같던 김강철이었지만, 서장과 면담을 하는 건 언감생심 꿈도 못 꿔 본 일이었다.

"니만 본 거 아이니까네, 걱정 마라. 딴 부서 책임자들도 다 만나 보고 니가 마지막이라."

"……무슨 일입니꺼?"

"글쎄."

반장은 알면서도 여기서는 듣는 귀가 많아 말할 수 없다는 식의 태도였다.

"어쨌거나 서장님 뵈면 괜한 말 하지 말고 가만히 예예 하고 들으라."

"……노력은 해 보겠습니더."

"노력이 아니라."

"하하, 뭐, 어려울 거 뭐 있습니꺼. 제가 사바사바하는 기는 반장님 보고 배워가 꽤나 잘합니더."

"……문디 자슥."

반장은 김강철의 능청스런 태도에 픽 웃어 보이곤 경찰서 밖 단골 회식 장소로 향했다.

그들이 향하는 경찰서 인근 고깃집은 꽤 짬밥이 있는 경찰이 은퇴해 차린 가게였다.

말이 가게이지 민가를 개조한 곳으로 간판도 메뉴판도 가격표도 없는, 사실상 식약처의 급습을 받아도 할 말이 없는 곳이지만 어디서 고기를 떼 오는 건지 고기의 질은 좋았고, 가격도 꽤나 합리적인 편이었다.

서장은 그 민가를 개조한 허름한 고깃집 테이블에 자리를 잡고 있었다.

이미 한 차례 회식이 끝난 테이블에는 소주병과 맥주병, 치우지 않은 식기며 허옇게 기름이 뜬 삼겹살 두세 점이 꺼진 불판에 놓여 있었다.

"왔나."

누가 말하지 않으면 어디 동네 옆집 아저씨 같은 인상의 서장이 반팔 셔츠 차림으로 손을 들었다.

"예, 서장님. 김 형사, 인사드리라."

"강력반 김강철 경위입니더."

서장은 고개를 끄덕인 뒤 자리를 권했다.

"둘 다 저녁은 묵었나?"

아직 먹지 않았지만, 반장이 대신 대답했다.

"예, 먹었습니다."

"그라믄 술이나 한 잔씩 해라."

서장은 사용감이 있는 맥주잔 두 개에 손수 폭탄주를 말아

준 뒤, 둘에게 건넸다.

김강철은 반장의 눈치를 보며 서장이 권한 술을 단박에 들이켰고, 그제야 서장이 입을 뗐다.

"그래, 어제오늘 욕본다. 김 형사도 궁금할 게 많을 끼라."

스륵, 김강철이 손바닥으로 입술을 훔쳤다.

"아입니더."

"아이기는. 내 김 형사를 쫌 일찍 부를라 했는데, 방금 전까지 취조실에 있었다 해가 쪼매 늦었다. 한 잔 더 해라."

"예."

서장은 김강철이 내민 맥주잔에 다시 맥주를 따른 뒤, 소주를 눈대중을 섞고 나서 거기에 숟가락을 탁, 꽂았다.

"내가 이거 잘 말아가 서장 자리를 따낸 사람이라. 맛있제?"

"예."

"아무튼 간에."

서장은 김강철 앞에 폭탄주를 놓은 뒤 반장에게 눈짓을 했고, 반장은 자리에서 일어나 고개를 꾸벅 숙여 보인 뒤 물러났다.

"김 형사."

"예."

"반장한테 들으니까 이제 슬슬 팀장 자리 딸 때라믄서?"

서장의 말에 김강철은 움찔했다가 마지못해 대답했다.

"예."

"그래. 이제 경감 할 때도 됐고…… 경찰 일이라는 게 현장 직도 보람이 있지마는 본격적으로 아랫사람 지휘를 시작하든 그게 또 재미진기라. 가장 정력적으로 일할 때가 경감일 때지."

"……."

"암튼 김 형사, 어제부터 붙잡고 있던 일은 손 띠고 딴 일 좀 해야겠다. 안 그래도 만성적으로 일손이 부족해가 일감이 밀렸는데, 어디 그런 거 하나만 계속 붙드는 것도 민중의 지 팡이가 할 일은 아인기라."

김강철은 서장이 내민 폭탄주를 물끄러미 바라보다가 입을 뗐다.

"서장님, 외람되지만 저희 둘뿐인 거 같은데, 한 가지만 여 쭤봐도 되겠습니까?"

서장은 가만히 김강철을 보다가 대답했다.

"재밌네. 뭐꼬?"

김강철은 그제야 조금 후회가 밀려왔지만, 이렇게 된 거 질러 버리기로 했다.

"……지금 제게 말씀하신 거는 공공의 이익에 부합하는 일 입니꺼?"

"……."

서장이 얼굴에 웃음기를 지웠다.

"뭔 말이고?"

"오해하지 마십시오. 저는 그저……."

"그래."

서장이 무표정한 얼굴로 김강철의 말을 끊었다.

"공공의 이익에 부합하는 일이다."

"그렇습니까."

김강철은 몸을 돌려 서장이 말아 놓은 폭탄주를 단박에 들이켠 뒤 맥주잔을 내려놓았다.

"실은…… 일부러 그런 건 아닙니다만, 어쩌다 보니 제가 남들보다 조금 더 많은 걸 알게 되었습니다."

"이를테면?"

"이를테면 마동철이…… 같은 겁니다."

서장은 표정 변화 없이 김강철을 보았다.

"……."

"……계속해 봐라."

"예. 얼마 전에 서울 마포에서 전화가 걸려 와가 저한테 몇 가지 물어보았습니다. 그리고 거기서 수사하고 있는 몇 가지가 여기 부산에서 일어나는 일하고 무관하지 않다는 걸 듣게 되었습니다. 마동철이에 대한 것은 그중 하나고예."

"……."

서장은 잠시 뜸을 들였다가 고개를 짧게 끄덕였다.

"발도 넓네. 그래, 마동철이란 아가 뭐 어떻드노?"

"예. 마순태 조카 마동철이는 서울서 멀쩡하게 잘 지내고 있다고 했습니다."

"……."

"그래서 말인데예……."

서장이 불쑥, 자기 앞에 놓인 소주잔을 내밀었다.

"한 잔 따라 봐라."

"예? 아, 예."

김강철은 조심스레 소주를 따랐고, 서장은 소주병을 이어받은 뒤 그 앞에 기울였다.

김강철은 망설이다가 앞에 놓인 맥주잔을 양손으로 내밀었다.

꼴꼴꼴.

서장은 김강철이 쥔 맥주잔에 소주를 3분의 1가량 따른 뒤 소주병을 내려놓았다.

그리고 김강철이 어떻게 반응을 할 새도 없이 서장은 소주잔을 단박에 꺾어 버렸다.

"……옘병. 몬해 묵겠네."

서장은 그렇게 중얼거리곤 김강철을 보았다.

"안 마실 기가?"

"……아입니다. 마시겠습니다."

김강철은 얼른 몸을 돌려 맥주잔에 든 소주를 벌컥벌컥 마셨다.

서장은 김강철이 소주를 비우길 기다렸다가 자세를 비뚜름하게 고쳐 앉으며 입을 뗐다.

"어이, 김 형사."

"예?"

"니 혹시, 내가 뒷돈 같은 거 받아 묵는 기라고 생각하나?"

그 노골적인 말에 김강철은 하마터면 딸꾹질을 할 뻔했다.

"아입니다. 그게 아이라……."

"아니면 뭐꼬."

"……."

김강철이 자세를 바로 고쳐 앉았다.

"할 수만 있으면 서장님이 계획하시는 대국적인 일에 도움을 드리고 싶습니다."

"……하."

서장이 피식 웃었다.

"대국적?"

"예."

단도직입적인 서장을 본받아(?) 김강철도 단도직입적으로 물었다.

"혹시 부산에 있는. 어제 체포했던 마동철이는 경찰 소속이 아닙니까?"

서장은 김강철을 물끄러미 보다가 주위를 슥 둘러보곤 입을 뗐다.

"니, 그거 반장한테도 말했나."

"안 했습니다."

"그러면?"

"부산에서는 아직 저밖에 모릅니다."

"……글나."

서장은 잠시 생각에 잠겼다가 김강철에게 물었다.

"김 형사, 니 혹시 집에 돈 많나?"

"예?"

"아닌데 왜 그라노?"

"……."

"됐다. 그래, 여기도 니 같은 놈이 하나쯤 있어 주야지."

면박인지 칭찬인지 모를 말을 한 서장은 이내 무언가 결심을 했는지 자리에서 일어섰다.

"니 내랑 어디 좀 가자."

"예?"

"어디 가는가는 묻지 말고. 안 따라 올 기가?"

"아닙니다, 갑니다."

김강철은 어리둥절한 얼굴로 허둥지둥, 서장의 뒤를 따라 가게를 나섰다.

서장은 발걸음을 옮기며 핸드폰을 꺼내더니 김강철에게 물었다.

"김 형사, 니 핸드폰 있나?"

"……아뇨, 없습니다."

"글나. 알았다."

그러고 서장은 핸드폰을 꾹꾹 눌러 어디론가 전화를 걸었다.

"……아, 부산 박 서장입니다. 거기서 볼 수 있겠소? 예. 사람 하나 소개 해 줄라꼬. 예, 그럼 그리하입시다."

짧은 통화를 마친 서장이 김강철을 보았다.

"그리됐으니 김 형사는 오늘부터 하던 일 손 떼고 저기 일 좀 도와라."

"저…… 무슨 일 말씀입니까?"

"그건."

서장은 대답하려다가 말고 입을 다물었다가 다시 입을 뗐다.

"가 보믄 안다."

김강철은 왠지 모르게 서장의 어조에서 그가 이 일에 깊이 발을 들이밀고 싶어 하지 않는 듯한 느낌을 받았다.

서장은 버스 정류장을 조금 지나쳐 발걸음을 멈췄고, 이윽고 그 앞에 승용차 한 대가 멈춰 서며 차창을 내렸다.

"부르셨습니까?"

운전대를 쥔 건 돌아서면 잊을 것 같은 평범한 인상의 사내였다.

서장은 그를 별로 탐탁지 않은 듯이 보며 고개를 끄덕였다.

"이 친구요. 김 형사, 소개하그라."

김강철은 영문을 모르겠다는 얼굴로 서장을 힐끗 쳐다보았다가 그에게 고개를 꾸벅 숙였다.

"김강철 경위입니다."

"아, 그러셨군요. 말씀 많이 들었습니다."

나를?

김강철은 그걸 빈말이라고 생각하면서도 마냥 빈말처럼 들리지 않는 말이라 생각했다.

"일단 타시죠."

사내의 말에 김강철은 서장을 쳐다보았고, 서장은 그렇게 하라는 듯 고개를 끄덕였다.

'뭔지는 모르겠지만.'

김강철은 일단 그들의 요망을 따르기로 했다.

김강철이 조수석에 올라타자 사내는 서장에게 꾸벅 묵례를 한 뒤 액셀러레이터를 밟았다.

"소개가 늦었죠."

그가 파란 신호등을 지나 교차로를 넘기며 입을 뗐다.

"국가안전기획부 소속 요원 김철수라고 합니다."

김강철은 순간적으로 눈앞의 남자가 하는 말을 이해하지 못했다.

'국가안전기획부?'

김강철은 김철수의 소개에 설마하며 그 말을 받았다.

"안기부 말입니까?"

"예, 세간에서는 그렇게들 줄여 부르고 있죠."

김강철은 자못 여유마저 느껴지는 김철수의 대답을 들으며 지금 이 상황을 받아들였다.

아니 정확히는 '받아들였다'기보다 상황을 납득하고 말았다는 것에 가까웠다.

"……안기부가 여기는 어쩐 일입니까?"

김철수가 핸들을 부드럽게 꺾으며 되물었다.

"서장님께 아무것도 못 들으셨습니까?"

"저는 서장님의 호출을 받아 여기로 왔을 뿐입니다."

"그렇군요. 뭐, 그만하면 충분합니다."

김철수가 말을 이었다.

"원래는 비밀 유지 서약서를 쓰고 난 뒤에 말씀을 드립니다만, 그런 번거로운 건 싫으시죠?"

"……예."

"그러면 쓰신 걸로 치고 말씀드리죠. 저희는 지금 DEA와 연계하여 국제 마약 조직 검거에 도움을 주고 있습니다."

DEA? 국제 마약 조직?

"광남파요."

김철수가 담담히 말했다.

"광남파는 몇 해 전부터 멕시코 칼리 카르텔로부터 국내에 마약을 밀반입해 왔고, 저희는 그 조직을 이 땅에서 몰아내기 위해 비밀 임무를 진행 중이었습니다."

말씨는 담담했지만 내용은 충격적이었다.

"그러면 어제 있었던 일은……."

"예, 저희가 심어 둔 사람들이죠. 안전기획부에 속한 정식 요원은 아니지만요."

"……."

"지금부터 김강철 경위님은 한동안 저희와 함께 움직이시게 될 겁니다만, 혹시 그럴 마음이 들지 않으시면 말씀해 주십시오. 경찰서 인근에 차를 대겠습니다."

그러고 보니 김철수가 모는 차는 경찰서 인근을 크게 배회하고 있었다.

'여기까지 와서 안 한다는 것도 이상하겠군.'

김강철은 쓴웃음을 지었다.

"하겠습니다."

"정말입니까? 이 일은 김강철 경위님 고과에도 반영이 되지 않을뿐더러, 혹여 이번 일로 김강철 경위님이 곤경에 처하더라도 저희는 공식적으로 인정하지 않을 겁니다."

"그럴 욕심이 있었다면 서장님께 그런 식으로 들이받지도 않았을 거요."

"하하하."

김철수가 웃었다.

"박 서장님도 참, 사람 보는 눈 하나는 알아줘야 하겠습니다."

김철수가 미소 띤 얼굴로 말을 이었다.

"뭐, 비록 방금은 그런 식으로 말씀드리긴 했습니다만, 이 일이 끝나면 비공식적으로 이런저런 지원을 해 드리긴 할 겁니다."

"……어떤 식으로?"

"거기까지는 말씀드릴 수 없고요."

김철수가 방금 전 지나쳤던 교차로에서 핸들을 왼쪽으로 꺾었다.

"조금 있다가 자세히 알려 드리겠습니다."

크리스는 아이들과 함께 서명선이 차린 저녁을 먹으며 생각에 잠겼다.

'결국 이성진을 보기는 봤군.'

타인의 관점에서 바라본 어릴 적 자신의 모습은 뭐랄까, 낯설었다.

다만 크리스는 그 낯설음이 다른 곳에서도 기인하고 있을 것이란 점도 간과하지 않았다.

'이마에 흉터가 있었지.'

그 잘생긴 얼굴에 감히 흠집을 내다니, 크리스는 떨떠름한 기분에 휩싸이는 한편.

'어쨌건 확인한 바, 나는 아니었어.'

크리스는 이성진을 보기 전까지 이성진이란 존재에 대해서 그가 동시대, 같은 공간에 존재하는, 또 다른 자신일지도 모른다는 가설을 생각하고 있었다.

애당초 처한 상황 자체가 상식적이지 않은 일이었기에 세울 수 있는 거친 가설이었다.

'정황상 근미래에 대한 지식이 있는 건 분명하지만.'

이 집안에 대해 속속들이 알고 있으며, 그가 자신이 저지른 어리석었던 과거를 답습하지 않는다는 점에서 떠올린 내용이었으나.

짧은 시간 동안 관찰한 그의 사소한 행동거지와 언어습관, 태도 등에서 크리스는 이성진이 자신의 기억을 답습한 존재가 아닌 다른 누군가임을 확신했다.

'보다 자세한 건 이성진 그놈과 차분히 대화를 나눠 보면 더 정확히 알게 되겠지만.'

얼핏 보기에도 그는 만만치 않아 보였다.

아마 이성진은 누군가가 자신을 관찰하려 든다면, 그가 자신을 관찰하고 있음을 간파해 낼 인간일 것이다.

동시에 크리스는 이성진의 그 낯섦 속에서 어딘지 모를 익숙함도 함께 느꼈다.

'그렇다는 건, 놈은 아마도 내 주변 인물. 내 주변 신상을 꽤 속속들이 알고, 그럭저럭 내 행세를 해낼 만한……'

그런 놈은 누가 있을까.

그때 곁에 앉은 한성진이 툭하고 물었다.

"크리스, 혹시 입맛이 없어?"

"응? 아니."

크리스는 퍼뜩 정신을 차리곤 서명선이 만들어 준 수제 햄버거를 한 입 가득 베어 물었다.

좋은 재료에 정성이 들어간 요리니 맛이 없을 리 없다고 생각하며, 크리스는 고개를 끄덕였다.

"맛있어. 아주."

비록 집에서 요리를 잘 하지 않는 서명선과 집안의 특이성 탓에 '어머니의 손맛'을 떠올리지는 못하지만, 만약 그런 것이 있다면 얼추 이런 것과 비슷하지 않을까.

"그렇구나."

한성진이 웃었다.

"미국에서 먹던 거랑은 달라?"

"……다르지. 오히려 거기서는 햄버거 같은 건 잘 안 먹었어."

"그래?"

"미국인이라고 매일 햄버거를 먹지는 않아. 어쩌면 너희가 더 자주 먹어 봤을지도 모르겠네."

"하하, 그렇지도 않아. 실은 우리도……특히 성아는 이 집에 와서야 햄버거를 처음 먹어 봤거든. 처음 먹은 햄버거는 사모님이 해 주신 게 아니라 성진이가 데려간 맥도날드였긴 하지만."

"아, 그래."

생각해 보니 한성진 내외는 이 집에 오기 전까지만 하더라도 어디 달동네에서 살았다던가.

'하긴, 이 시대는 대한민국에서도 햄버거가 딱히 보편적인 패스트푸드는 아니었으니까.'

그러는 크리스 역시도 전생엔 나중에야 친구들과 함께 맥도날드를 가 보았으니.

심드렁하게 대꾸하던 크리스는 문득 어떤 깨달음이 왔다.

'잠깐만. 혹시?'

크리스가 한성진에게 물었다.

"햄버거도 먹으러 돌아다닐 정도면, 둘이 꽤 친한가 봐?"

"응? 응. 친하지."

한성진은 이성진과의 우정을 답하며 추호도 부정하지 않았다.

"언제부터 친해졌어?"

"언제부터냐니…… 굳이 말하자면 처음부터? 내가 이 집에 온 게 2년 전이니까, 그때부터 친했다고 할 수 있겠네."

한성진이 대답했다.

"사실 저렇게 보여도 좋은 녀석이야. 크리스 너도 조금만 이야기를 나눠 보면 알 수 있을걸."

"······."

전생의 본인이 좋은 사람이었단 말은 양심상 할 수 없던 크리스는 조금 떨떠름한 얼굴로 고개를 끄덕였다.

"······그럴 수도 있겠네."

크리스는 지금, 자신의 가설이 어느 지점에 도달했음을 깨달았다.

'한성진인가?'

혹시 한성진의―만약 그런 게 있다면―영혼이 어릴 적 자신의 몸에 깃든 것이라면, 이 이해할 수 없는 불가사의한 상황에도 몇 가지가 해명된다.

'한성진은 어릴 적부터 내 주변과 나, 우리 집을 알고 지냈으면서 내가 하는 걸 옆에서 쭉 지켜봐 왔지. 그러니 어느 날 갑자기 내 행세를 시작하더라도 큰 위화감 없이 녹아들 수도 있고······.'

다만 설령 그렇다 하더라도 근본적인 것은 설명되지 않는다.

'왜 하필이면 한성진이지? 그리고 나는 왜 이 계집애 몸에 있는 거야?'

순간 머리가 깨질 것 같은 통증이 크리스를 스치고 지났다.

"윽!"

그 바람에 크리스는 머리를 감싸 쥔 채 의자 아래로 굴러 떨어질 뻔했고, 한성진은 그렇게 되기 직전에 간신히 크리스를 부축했다.

"괜찮아?"

"……."

아니.

전혀 괜찮지 않다.

하지만 크리스는 전생과 현생을 통틀어 처음 느껴 보는 통증에 입도 벙긋하지 못하고 식은땀만 줄줄 흘렸다.

"안 되겠다, 성아야, 사모님 좀 모셔 와!"

한성진의 말에 한성아는 얼른 햄버거를 내려놓고 얼른 거실로 달려갔다.

크리스는 익숙한 천장에서 눈을 떴다.

'음? 나, 쓰러졌었나?'

크리스는 자신이 푹신한 침대에 있다는 걸 깨닫는 데는 오랜 시간이 걸리지 않았다.

'당최 무슨…….'

크리스는 상체를 일으켰다.

방금 전, 떠올리기만 해도 몸서리가 쳐질 두통은 이제 사라지고 없었지만 그걸 떠올리는 것만으로도 저도 모르게 인상이 찌푸려졌다.

"괜찮아?"

낯선 목소리에 크리스는 고개를 홱 돌렸다.

'이성진……?'

침대 옆에 의자를 갖다놓고 앉아 있던 이성진은 검토 중인 서류를 덮으며 빙그레, 어린애는 짓지 않을 것 같은 직업적인 미소를 지어 보였다.

"안심해. 내 방이야."

"……."

"손님용 방에 뉘일까도 했지만, 그래도 누군가 한 사람은 옆에 붙어 있어야 할 거 같아서."

이성진이 컵에 물을 한 잔 따랐다.

"물 마실래?"

크리스는 얌전히 컵을 받아 한 모금 마셨다.

"곧 백하윤 선생님이랑 주치의 선생님이 오실 거야."

크리스가 입을 뗐다.

"너……."

"응?"

"……."

크리스는 이성진에게 당장이라도 '너 한성진이지?' 하고 묻고 싶었지만.

'그러면 뭐, 어떻게 될 거 같아?'

그런 본능을 억누르느라 안간힘을 써야 했다.

이성진, 아니 한성진과 자신의 마지막은 끝맺음이 좋다고 할 수 없었다.

한성진은 자신을 원망했고, 어쩌면 증오하고 있었을지 모른다.

그리고 그걸 지금, 아무것도 가진 것 없는 고아 소녀인 자신이 사실 이성진이라는 걸, 대기업 후계자인 그가 알게 된다면?

'……내가 그 입장이라면, 죽이겠지.'

크리스는 물을 다시 한 모금 꿀꺽 삼킨 뒤 말을 이었다.

"아니야. 나는 얼마나 쓰러져 있었지?"

"음."

이성진이 손목시계를 들여다보았다.

"한 30분 정도."

"……그래."

이성진은 크리스가 한 모금 마신 물컵을 받아 책상에 올려놓았다.

"그럼 누워 있어. 어른들 모셔 올게."

이성진이 방문을 닫고 나가자 크리스는 진득한 한숨을 길게 내쉬었다.

"……씨발."

그러며 크리스는 앉은 자세 그대로 머리를 감싸 쥐었다.

"하필이면 왜 저 새끼냐고."

3장

크리스가 갑자기 식은땀을 흘리며 기절한 일은 우리 가족 전체에 큰 걱정을 끼쳤다.

"휴우, 그래도 정신을 차렸다니 다행이구나."

내가 전한 크리스가 눈을 떴다는 말에 특히 사모는 안도의 한숨을 길게 내쉬었다.

"어머니 잘못은 아니잖아요."

"그래도 우리 집에 손님으로 왔다가 그렇게 됐으니······."

걱정스런 얼굴로 앉아 있던 한성진이 거들고 나섰다.

"병원에 데려가서 MRI라도 찍어 봐야 하는 거 아닐까요?"

얼마 전부터 깔짝깔짝 의학 공부를 하던 한성진은 어디서 주워들었는지 이 시대엔 아직 생소한 MRI검사까지 입에 담았다.

"삼광병원에 있다고 들었거든요."

"응, 나중에 최 박사(주치의)한테 이야기는 해 보자."

이휘철의 입원 이후 삼광병원에는 본사 차원에서 빵빵한 예산 지원이 내려와 이제는 명실상부 국내 최고라 부를 환경을 갖추고 있었다.

그러니 아마 삼광병원에서 원인을 찾지 못하면 국내에선 답을 못 내지 않을까.

어차피 이 집안에선 의료보험도 적용되지 않는 외국인인 크리스의 그 검사 한 번에 돈이 얼마나 드는지는 고려 대상이 아니었다.

"……왠지 저 때문인 거 같아요."

한성진이 입술을 꾹 깨물었다.

"아마도 제가 여기저기 데리고 다니는 바람에……."

"아니야."

한성아가 울먹였다.

"내가 바이올린을 듣고 싶다고 해서 그랬을 거야."

소파에 앉아 가족들의 넋두리를 잠자코 듣던 이휘철은 불안한 눈길로 품에 안긴 이휘진을 손으로 쓰다듬으며 상황을 정리하듯 입을 뗐다.

"너희도 너무 불안해하면 못 쓴다. 이럴 때일수록 아무렇지 않은 듯 있어 줘야 애들도 불안해하지 않지. 자세한 건 최 박사가 오면 이야기를 듣는 것으로 하자.”

“네, 아버님.”

그렇게 모두가 크리스가 쓰러진 이유를 자신에게서 찾는 동안, 오직 나와 이휘철만이 이 상황을 냉정하게 분석하고 있는 듯했다.

‘그나저나 갑자기 두통이라도 있는 것처럼 머리를 감싸 쥐고 쓰러졌다니.’

나는 나대로 크리스가 선천적으로 몸이 허약한 것은 아닌지, 생각했다.

‘아니 듣기로 크리스는 미국에서 길거리 공연 같은 걸 하고 다닐 정도였으니 그렇지는 않을 건데…… 혹시 스트레스에 민감한 타입인가?’

그러며 나는 잠깐 대화를 나눠 본 크리스를 머릿속으로 그려 보았다.

‘그 애, 이상하게 나를 경계하는 느낌이었지.’

혹시 나에 대한 무슨 안 좋은 선입견이라도 있는 걸까.

그래서 나는 하마터면 다른 가족들처럼 크리스가 쓰러진 원인을 내게서 찾을 뻔한 걸 간신히 참았다.

‘나중에 전예은한테 물어나 볼까.’

만약 회사에서도 비슷한 일이 있었다면, 그녀가 잘 알 테니까.

이휘철의 당부가 있어서일까, 사모는 의젓한 얼굴로 내게 말을 건넸다.

"그보다 방에 크리스를 옮겨 주기도 하고, 성진이가 도와
줘서 다행이야."

"아뇨, 뭘요."

뭐, 크리스에게 선뜻, 그것도 굳이 2층에 있는 내 방을 내
어준 건 나대로 생각한 게 있어서였지만.

"누구라도 그렇게 했을 거예요."

"얘는 말도 참 의젓하게 하네."

"……."

사모가 나를 과보호하는 건 지금도 마찬가지였다.

'뭐, 거기엔 사모 나름대로 일부러 상황을 밝게 만들어 보
려는 의도도 있겠지만.'

그때 마침 인터폰이 울리며 가택 경비원이 주치의의 도착
을 알렸다.

"들어오라고 하세요."

주치의를 집안에 들인 사모는 그의 팔을 잡아끌며 내 방이
있는 2층으로 안내했고, 이휘철도 우리에게 이희진을 맡기곤
자연스럽게 발걸음을 옮겼다.

어쨌건 집안의 가장 큰 어른이고, 만약 크리스의 의료 지
원이 필요하다면 본인이 나서 가며 해 줄 요량인 것이리라.

그렇게 잠시 거실에는 나를 비롯한 꼬맹이들만 남았다.

나는 한성아에게 애들을 부탁한 뒤 한성진을 끌고 잠시 구

석으로 가서 그에게 물었다.

"아까는 경황이 없어서 못 들었는데, 어쩌다가 저렇게 된 거야? 직전에는 어땠어?"

내 질문에 한성진이 대답했다.

"그냥, 평범하게 이야기를 나누는 중에 갑자기 쓰러졌어."

"어떤?"

"음…… 너랑 나랑 친하냐고 물은 직후였지, 아마."

한성진이 덧붙였다.

"아, 그런데 딱히 그게 원인인 거 같지는 않아. 걔, 나한테 너에 대해서 많이 물어봤거든."

한성진은 내가 크리스가 쓰러진 원인을 나에게서 찾을까 봐 그랬는지 일부러 그런 말을 했다.

"그래?"

"응. 그래서 혹시 햄버거에 무슨 트라우마 같은 거라도 있나…… 싶었어. 어디까지나 내 생각일 뿐이지만."

"그렇지는 않겠지."

"아니야. 언젠가 책에서 읽으니까 그런, 뭔가가 트리거가 되어서 발작을 일으키는 경우도 있다고 했거든."

책 한 권 읽은 놈이 더 무섭다더니.

순간, 한성진이 파리해진 얼굴로 입을 뗐다.

"혹시 뇌종양이면 어떡하지?"

"……일단 티는 내지 마. 할아버지도 말씀하셨듯이 너까지 그러면 애들도 불안해할 거야."

"아……. 응."

그러는 사이 또 한 차례 인터폰이 울려 내가 받았다.

백하윤이 도착했다.

"안쪽으로 모셔 주세요."

크리스가 쓰러졌다는 이야기를 들은 것인지 백하윤은 현관에 들어오자마자 크리스의 용태부터 물었다.

"지금 막 주치의 선생님이 오셔서 진찰 중이에요."

"그런가요."

백하윤은 안도의 한숨을 내쉬면서 소파에 앉았다.

"정말, 큰일이 아니면 좋겠는데. 고마워요."

백하윤은 한성아가 갖다 준 물을 한 모금 마시곤 소파에 등을 기댔다.

그리고 백하윤이 한성진을 보았다.

"아 참, 오늘 한 군이 많이 도와줬다고 들었어요."

"아니에요, 선생님."

한성진은 멋쩍어하며 백하윤의 말을 받았다.

"그런데 선생님, 크리스는 원래 몸이 약한 편인가요?"

내 질문에 백하윤은 고개를 저었다.

"아뇨. 제가 보기에는 아주 건강한 아이였어요. 미국에서는 밤늦게까지 TV를 보려는 걸 혼내기도 했고……. 아니 제 생각일 뿐이겠죠. 아직 어린아이인데."

그렇게 말하며 백하윤은 쓴웃음을 지었다.

우리 앞에서 대놓고 티를 내지는 않았지만 육아 경험이 없는 백하윤은 평소와 달리 확신이 없는 어조였다.

"미안해요. 괜히 나 때문에."

"아닙니다, 선생님."

경우에 따라서는 30분 내에 주치의가 달려오는 우리 집에서 쓰러졌으니 다행이라고 볼 수도 있지 않을까.

'그래도 이런 상황이니 재단에서 크리스를 지원한다느니 하는 이야기를 할 수 있는 환경은 아니군.'

백하윤은 물을 한 모금 더 마신 뒤 컵을 탁자에 놓았다.

"어찌 되었건 크리스의 거취 문제를 조속히 결정하긴 해야 할 것 같군요. 제 입으로 말하려니 민망하기는 하지만, 만약 그 애가 혼자 있을 때 이런 일이 일어났다면 저는 세상에 고개를 못 들었을 거예요."

조금 사무적으로 말한 백하윤은 우리 집으로 오는 동안 그녀 나름대로 생각을 하고 있었던 모양이었다.

하긴, 아직 확정 요소는 아니지만 크리스의 발작이 그녀 혼자 있을 때 벌어졌더라면 그 일을 덮는 건 둘째 치고 백하윤은 큰 충격과 상심에 빠졌을 것이다.

'그러니 백하윤 입장에서는 하루 빨리 유학을 보내는 방향으로 결정하고 싶겠지.'

다만 그건 그것대로 문제였던 것이, 백하윤도 일부러 크리스를 데리고 시간을 끌던 것이 아니었다.

지금은 임시로 뒷배를 써서 관광 비자를 발급 받아 한국으로 데려온 거지만 당장 크리스의 양육권 문제가 해결되지 않으면 크리스의 유학이며 학업에 발목이 잡힐 것이다.

'또, 백하윤이 아무리 대단하다고는 해도 그녀가 할 수 있는 건 아무래도 한계가 있지.'

서로 입에 담길 꺼리고는 있지만 미국 교도소에 수감 중인 크리스의 친부로부터 양육권을 박탈하려면 어느 정도 로비가 필요하기도 하겠고.

'아마 이휘철은 재단을 통해 그 문제를 해결할 수 있단 식으로 말하려 했을 거야.'

두말하면 입 아픈 이야기지만, 세간에 끼칠 수 있는 영향력의 정도는 백하윤보다는 이휘철이 더 강하기도 하고.

'……뭐, 나로서는 굳이 그렇게까지 할 필요가 있을까 싶기는 하지만.'

다른 한편으로 그 이휘철이 내게 은근슬쩍 그런 말까지 던진 걸 보면, 이휘철도 크리스의 재능에 감탄했을 것이란 생각도 가능하리라.

이윽고 쿵쿵 발소리가 들리며 사모와 이휘철, 최 박사 세 사람이 거실로 내려왔다.

"어머, 선생님."

사모가 먼저 백하윤에게 인사를 했고, 백하윤은 그 인사를 눈으로 받으며 최 박사를 보았다.

"보호자이십니까?"

"네, 백하윤입니다."

클래식 감상이 취미라던 최 박사니 단박에 백하윤을 알아보았겠지만 그는 일부러 사무적으로 말했다.

"환자는 일단 안정을 찾고 있습니다. 내일 병원에서 정밀 검사를 해 보겠지만 눈에 띄는 이상은 없었습니다."

"……감사합니다."

당장은 문제가 없다는 말에 백하윤은 눈에 띄게 안도했다.

"다만 혹시 모르니."

최 박사가 안경을 고쳐 쓰며 말을 이었다.

"오늘 하루는 이 집에서 안정을 취하는 것이 좋을 것 같습니다."

사전에 사모와 이휘철과도 이야기가 끝났는지 최 박사의 말에 사모가 고개를 끄덕였다.

"그렇게 해 주세요, 선생님."

"예, 일단 한번 돌아가겠지만 만약에 문제가 생기더라도 제가 바로 찾아올 수 있으니까요. 병원에 있는 것보다 더 도움이 될 겁니다."

최 박사까지 거들고 나서니 백하윤은 마지못해 고개를 끄덕였다.

"그렇게 하겠습니다."

뭐, 당연히 이렇게 되겠지.

사모가 백하윤에게 말했다.

"선생님도 여기서 주무시고 가세요. 방은 많이 있으니까요. 크리스가 갈아입을 옷은 성아한테 빌리면 되고요. 그치, 성아야?"

한성아가 고개를 끄덕였다.

"네, 사모님."

잠자코 있던 이휘철도 거들고 나섰다.

"손님을 들이기엔 누추하긴 합니다만 저도 모쪼록 백 대표님이 그렇게 해 주시면 좋겠습니다."

아무튼 대외 이미지는 참 신사적이란 말이야.

"알겠습니다. 회장님께서도 그렇게 말씀하시니 염치 불고하고……. 의사 선생님, 괜찮으면 잠시 크리스를 만나고 와도 될까요?"

최 박사가 진찰용 가방을 챙기며 고개를 끄덕였다.

"예. 그렇게 해 주시면 그 아이에게도 도움이 될 겁니다."

한성진의 말마따나 우리 집에 있는 것이 크리스에게 악영향을 끼친 걸지도 모르지만, 최 박사도 우리 집 돈을 받아가는 처지에 차마 '이 집 환경이 문제'라는 말은 하지 못할 것이고.

'뭐, 대강 우리 집 사정을 아는 최 박사가 그런 말을 하지도 않겠지만.'

어쨌건 우리 중에서는 크리스를 가장 잘 아는 백하윤이 집에 있어 주면 도움이 될 거란 판단에서 내린 진찰일 것이다.

"아직 제 방에 있을 테니까, 제가 안내할게요."

"그래 주겠어요?"

나는 백하윤과 함께 내 방으로 올라갔다.

"여기입니다."

잠깐 멈춰선 뒤, 나는 방문을 노크했다.

"나야. 백하윤 선생님이랑 같이 왔는데, 들어가도 될까?"

잠시 부스럭거리는 소리가 들리고 크리스가 대답했다.

"……네."

달각, 방문을 열고 들어가니 크리스가 침대에 앉은 채 기다리고 있었다.

"그러면 저는 어머니를 도와드리고 올게요."

"고마워요, 성진 군."

나는 빙긋, 백하윤에게 미소를 보낸 뒤 슬쩍 크리스를 보았다.

착각이 아니라면, 문 틈새로 크리스는 나를 노려보고 있었다.

'흠……'

나는 빈방을 찾아 발걸음을 옮기며 주머니에서 핸드폰을 찾았다.

-여보세요?

"여보세요. 예은 씨, 밤늦게 전화해서 미안합니다. 조금 물어볼 게 있는데, 잠시 통화 괜찮을까요?"

―아, 네. 물론이죠. 괜찮아요.

전예은은 흔쾌히 대답했다.

"고맙습니다. 다름이 아니라 크리스에 대해 물어볼 게 있어서요."

―크리스요?

"예. 실은……."

나는 전예은에게 크리스가 오늘 우리 집에 왔으며, 갑자기 두통을 호소하며 쓰러져 하룻밤 묵게 된 경위를 전했다.

―어머, 그럼 크리스는 지금 괜찮은가요?

"주치의 말로는요. 정확한 건 내일 병원에서 정밀 진단을 받게 할 거지만……. 혹시 크리스에게 일상생활에 지장이 갈 병세 같은 게 있었나요?"

그런 게 보였다면 전예은도 내게 언질을 주었겠지만, 그녀는 내게 크리스와 관련한 과거사를 언급한 적이 없었다.

'그녀와 나 사이엔 일부러 묻지 않으면 이야기하지 않는단 암묵적인 룰이 있었으니까.'

그러니 어떤 의미에서 보자면 크리스가 어떤 사람인지, 내게 위협이 되지 않는다면 전예은도 딱히 먼저 나서서 이야기할 의무는 없다.

'하물며 그런 꼬맹이가 내게 위협이 될 소지 따위가 있을

리 없으니 나도 캐묻지 않았고.'

더군다나 이번 발작이 크리스의 길지 않은 생에서 최초로 일어난 것이라면 전예은도 몰랐을 테니까.

그럼에도 내가 굳이 전예은에게 전화를 건 것은 이번 일을 구실로 크리스가 내게 짧은 시간 동안 언뜻언뜻 보여 주는 적대감의 원인이라도 알았으면 하는 마음에서였다.

그런데 내 질문에 전예은은 잠시 침묵했다가 조심스레 말했다.

—죄송해요, 사장님. 이건 미리 말씀을 드려야 했는데…….

"뭡니까?"

—저, 크리스는 읽어 낼 수 없었어요.

그녀의 고백에 나는 멈칫했다.

"읽을 수 없었다?"

—죄송해요. 미처 말씀을 못 드려서…….

전예은은 내게 거듭 사과했다.

"아뇨, 저는 책임을 물으려 한 게 아니라."

나는 말을 하려다 말고 관뒀다.

얼굴을 마주하고 이야기하더라도 오해를 살 법한 내용인데, 하물며 무선 통화로 하는 이야기다.

오히려 관련해 꼬치꼬치 캐물으면 내 입장만 이상해질 수 있으므로 나는 재빨리 얼버무렸다.

"크리스의 건강을 위해 알아 두어야 할 것이 있는지 궁금해서 물어본 것뿐이에요."

─……네.

전예은이 잠시 후 말을 이었다.

─크리스가 발작을 일으켰다고 하셨죠? 말씀을 듣고 보니 한 가지 짐작 가는 점은 있어요.

"말씀해 주세요."

─어제 크리스를 처음 보았을 때 말인데요, 크리스가 곽성훈 이사님이랑 남자 화장실에서 나오더라고요.

곽성훈이랑?

─나중에 곽성훈 이사님이 따로 말씀해 주셨는데, 휴게실 층 남자 화장실에서 구토하는 소리가 들려서 걱정스런 마음에 들어가 봤더니 거기 크리스가 있었다고……. 죄송해요, 이걸 말씀드려야 했는데.

전예은은 이번에도 사과의 말을 덧붙였다.

"아닙니다. 지금이라도 알았으니 충분해요."

─네…….

나는 그 발견자가 곽성훈이라는 사실에 다소 공교로운 기분을 느끼면서 전예은과 통화를 마쳤다.

'흠, 그나저나 전예은이 읽어 낼 수 없었던 인물이라.'

전예은의 초능력이 통하지 않는 대상은 그리 드문 케이스는 아니지만 그렇다고 하더라도 전혀 없지는 않았다.

당장 내가 그에 해당하는 케이스 중 하나였고, 방금 언급한 곽성훈이 두 번째, 그리고 요한의 집 원장 수녀인 소피아며 성당 신부 등도 그에 해당했다.

'뭔가…… 그 능력이 발동하는 것엔 내가 모르는 조건이 있는 걸까.'

나는 곰곰이 생각하며 방을 나섰다.

시간을 조금 앞으로 돌려, 이성진이 방으로 나가고 난 직후.

혼란스러운 기분으로 혼잣말을 중얼거리던 크리스가 멈칫했다.

'잠깐, 그놈이 만약 전생의 한성진 그놈이라면……'

전생에 자신의 심부름꾼 노릇을 하던 한성진은 꽤 유능했다.

그래서 전생의 크리스는 한성진에게 이런저런 일을 믿고 맡길 수 있었고, 그랬던 만큼 이후 그가 자신의 품을 떠난 뒤로는 그의 공백을 여실히 느꼈던 터.

그런 한성진의 장점이자 단점은 그 신중한 기질에서 발휘되었다.

자라온 환경 탓일까, 아니면 타고난 성격인 걸까, 이는 과감한 결단력으로 일을 밀어붙여 온 크리스와는 정반대의 기질이기도 했다.

'그렇다고 한다면 그놈이 나를 이대로 방치해 둘 리 없을 터.'

크리스는 얼른 배게 아래를 뒤졌다.

다행히 배게 아래는 깨끗했고, 크리스는 픽 웃었다.

'하긴, 아무리 그래도 지금의 나 같은 꼬맹이를 상대로…….'

그러다가 크리스는 문득 생각을 고쳐먹고 침대 아래로 손을 뻗어 아래를 더듬었다.

'씁, 그러면 그렇지.'

이질적인 무언가가 손에 닿았다.

감촉으로는 테이프를 붙여 둔 무언가.

'도청기인가?'

손톱으로 테이프를 벗겨 낸 크리스는 기계장치를 손에 넣었다.

'새끼, 지금의 나 같은 애새끼를 상대로도 최선을 다하는군.'

크리스는 한 차례 픽 웃었다가 이내 인상을 험악하게 구기며 손에 넣은 도청기를 강하게 쥐었다.

전생의 크리스 완력이라면 그 충동에 도청기를 부수고 말았겠지만, 불행인지 다행인지 여자아이의 힘으론 이 시대의 커다란 도청기—라기보다는 카세트테이프로 돌아가는 녹음기—를 부수는 건 불가능했다.

'나를 의심하고 있나? 아니면 돌다리도 두들기고 건너가는 놈의 소심함이?'

모르긴 몰라도 지금껏 이성진 행세를 해 오며 들키기는커녕 이 가족의 신뢰까지 얻어 낸 놈이다.

그러니 놈은 응당 이 정도 안배를 몸에 체득하고 지내 왔을 터.

그리고 크리스는 아직 거기까지 생각이 미치지 않았겠지만, 아마 이성진(한성진)이 같은 상황에 처해 있다면 그는 침대 아래 도청기의 존재를 눈치채자마자 이를 모른 척하고 역이용하려는 계략을 꾸몄겠지만, 원하는 건 모두 손에 넣으며 살아온 크리스는 그렇게 복잡한 삶을 살아오지 않았다.

'그러면 이 상황에서 나는⋯⋯.'

이윽고 방 바깥에서 계단을 올라오는 발걸음 소리와 두런두런한 목소리에 크리스는 얼른 도청기를 베개 아래에 숨긴 뒤, 이불을 턱 아래까지 끌어 당겼다.

똑똑, 노크 소리가 들리며 서명선이 물었다.

"크리스, 들어가도 되겠니?"

"⋯⋯네."

달각 문이 열리며 서명선과 이휘철이 주치의를 대동하고 모습을 드러냈다.

서명선은 가장 먼저 크리스에게 다가와 크리스의 이마를 손바닥으로 짚어 주었다.

"괜찮아?"

그 별것 아닌 행동에 크리스는 어째서인지 눈물이 왈칵 쏟아질 뻔한 걸 간신히 참았다.

"……네."

"아 참, 내가 이럴 게 아니지."

그러며 서명선은 주치의에게 자리를 내어주었고, 그는 크리스의 체온을 재고 구강 안쪽과 동공을 확인한 뒤 몸을 일으켰다.

"당장 눈에 띄는 이상 증세는 없는 것 같습니다."

"다행이다."

휴우, 하고 서명선은 안도의 숨을 내쉬었다.

"그러면 최 박사, 혹시 모르니 내일 아침에라도 이 아이가 정밀 검사를 받게 해 줄 수 있겠나?"

이휘철의 말에 주치의가 깍듯하게 대답했다.

"예, 회장님. 병원에는 미리 연락을 해 두겠습니다."

"그래, 그러면 그렇게 해 주게."

이휘철이 고개를 돌려 크리스를 보았다.

"걱정 말거라. 아픈 검사는 아닐 테니까."

"예."

"그러면 우리는 먼저 나가 볼 테니 쉬어라."

서명선은 방을 나서기 전 크리스의 손을 꼭 붙잡아 주었다.

"혹시 필요한 게 있으면 뭐든 말하고. 알겠지?"

"……네."

세 사람이 방을 나서자마자 크리스는 후우, 긴 한숨을 내쉬었다.

주치의의 검사를 받는 내내 '제가 기절한 사이 댁네 아드님이 방에 도청기를 설치하고 갔습니다.' 하고 말하고 싶은 걸 꾹 눌러 참느라 힘들었던 크리스는 베개를 뒤적여 그 아래 숨겨 둔 도청기의 존재를 다시 확인했다.

'지금 그렇게 해 봐야 잠깐 그놈의 별것 아닌 평판에 먹칠을 하는 것밖에 안 되겠지.'

크리스는 신중하게 자신의 손에 든 패를 검토했다.

'하필이면 마침 오늘 용산에 다녀왔고, 혹시나 놈이 이를 내 자작극이라 우겨도 사람들은 놈의 편을 들어 줄 거야.'

지금은 자신의 입장을 명확히 하는 것이 중요했다.

아무리 그게 사실일지라도 '내가 사실은 전생의 이성진이고 저놈은 이성진 행세를 하는 한성진이다'란 소리를 했다간 내일 삼광병원이 아닌 그 부속 정신과로 직행할 뿐만 아니라 나중에 이성진(한성진)이 손을 쓰려 들지도 모른다.

'내가 생각하고도 정신 이상자의 헛소리 같으니…….'

아이러니한 일이기는 하지만, 이 순간 자신의 말을 믿어 주는 건 자신의 흉내를 내고 있는 이성진(한성진)이 유일했다.

'지금 이 상황이 되고서야 실감이 나는 거긴 하지만.'

그만큼 이국에서 건너온 가진 것 없는 할렘가 출신 외국인 꼬맹이와 대한민국을 대표하는 재벌가 도련님과의 격차는 어마 무시한 것이었다.

그러면서 크리스는 생각했다.

'여기서 선택지는 두 가지. 이대로 모른 척 잡아떼고 크리스로서 살아가며 기회를 엿보는 것과…….'

이윽고 다시금 발걸음 소리가 들렸다.

"여기입니다."

이성진의 목소리가 들리고, 짧은 노크 소리가 그 뒤를 따랐다.

"나야. 백하윤 선생님이랑 같이 왔는데, 들어가도 될까?"

가증스러운 새끼.

크리스는 속으로 생각하며 도청기를 주머니에 찔러 넣은 뒤 대답했다.

"……네."

어쨌거나 지금 이건 저놈이 보여 준 빈틈이자 자신이 가진 유일한 무기였다.

달각 방문이 열리며 백하윤을 대동한 이성진이 모습을 드러냈다.

이성진은 힐끗 크리스를 쳐다본 뒤 백하윤에게 말했다.

"그러면 저는 어머니를 도와드리고 올게요."

"고마워요, 성진 군."

이성진은 백하윤에게 미소를 보냈다.

그야말로 신사적이고 완벽한 접객에 크리스는 속이 뒤집힐 것 같은 기분을 참았다.

'전래동화 속에서 손톱 먹은 쥐새끼를 보는 기분이 이런 거겠지.'

이성진은 크리스를 보고 잠시 멈칫하더니 그대로 몸을 돌려 발걸음을 옮겼다.

"크리스, 괜찮아요?"

백하윤의 걱정 어린 목소리에 크리스는 얼른 머릿속을 가다듬고 그녀를 보았다.

"네, 괜찮아요."

"미안해요. 왠지 스케줄을 빡빡하게 잡은 나 때문인 거 같아서……."

그럴 리가.

오히려 미국에서 공연을 다니며 돈을 벌 때가 더 강행군이었다.

그러며 백하윤은 크리스에게 오늘 하루를 이 집에서 요양하며 마무리할 것을 조심스럽게 통보했다.

"원래라면 집에 가서 푹 쉬게 해 주고 싶지만…… 방금 있었다던 크리스의 몸 상태를 생각하면 차를 타고 집에 가는 것도 부담이 될 것 같아서요."

"……네."

크리스는 백하윤의 말에 대답하며 생각했다.

'흠, 오히려 잘된 건가.'

당장이라도 이 집을 나가 이성진을 피해 있고 싶은 기분과 지금 당장 이성진과 담판을 짓고 싶은 기분 사이에서 갈팡질팡하던 크리스는 차라리 지금처럼 오늘 행보가 상의 없이 결정된 것을 일종의 숙명인양 느꼈다.

'그래, 이대로 모른 척 피해 다니기만 하면 미국에서 건너온 바이올린 신동으로 생을 마칠 뿐이야.'

이 타고난 재능이라면 아마 그럭저럭 남부러울 것 없는 여생을 살 수 있을지도 모르지만, 그렇다고 남은 생을 이 누군지도 모를 계집아이 흉내나 내며 끝내는 건 죽음보다 더 고통스러운 일이 될 것이라고 생각했다.

그러면서 저놈이 장래 승승장구하는 걸 가만히 지켜봐야 한다고? 차라리 머리에 총을 쏘지.

'……게다가 놈이라면 내가 겪은 두통의 원인이 뭔지 알지도 모르고.'

그래, 어쩌면 이성진(한성진) 저놈은 자신이 왜 여기 있는지, 그리고 왜 하필 이런 꼬맹이의 몸에서 두 번째 인생을 살고 있는 것인지 알고 있을지도 모른다.

크리스는 주머니 속의 도청기를 의식하며 미소를 지었다.

'오늘 밤, 놈이랑 담판을 지어 봐야겠어.'

크리스와 백하윤은 각각 손님용 방을 배정받았고, 크리스도 자연스레 내 방을 나가 손님용 방에 틀어박혔다.

나는 나대로 내 방으로 돌아가 침대 아래에 숨겨 둔 도청기를 회수하려 했으나, 어째 당장은 내 뜻대로 되질 않았다.

"성진이는 잠시 내 방으로 오거라."

이휘철의 그 말에 나는 하는 수 없이 방에는 발도 못 붙이고 그의 방으로 향했다.

방에는 백하윤이 먼저 도착해 있었다.

"성진아, 차를 한 잔 타 보거라."

"예, 할아버지."

어째 이휘철은 내게 녹차 우리는 법을 알려 준 이후부터 기회만 닿으면 나에게 차 심부름을 시키곤 했으므로, 나는 자연스럽게 녹차를 준비했다.

'이제는 이 짓도 좀 익숙해진 거 같군.'

그러는 사이 백하윤과 이휘철이 마주 앉아 두런두런 이야기를 나누었다.

"원래는 조금 더 평온한 분위기에서 말씀을 드리고자 했습니다만."

이휘철이 운을 뗐다.

"이 방면에 조예가 없는 제 귀에도 그 아이의 실력이 대단하다는 것쯤은 알겠더군요.”

이휘철의 말에 백하윤은 미소를 지었다.

“그럼요. 아는 사람만 아는 장르가 되면 새로운 시대는 열리지 않으니까요. 그런 의미에선 다행히 크리스가 좋은 연주를 한 모양이군요.”

예전에는 서로가 서로를 존중하는 모습 정도는 보이고 있었던 것 같지만 내가 본 백하윤과 이휘철의 관계는 결코 좋다고 할 수 없는 사이였는데, 거기엔 언젠가 내 바이올린 자질을 두고서 벌인 신경전이 지대한 영향을 끼치고 있는 듯했다.

하지만 미국 출장 이후 오늘 처음 재회한 백하윤은 내가 보기에도 예전 가슴 깊이 가라앉아 있던 조급함과 체념적인 모습은 오간 데 없이 사라지고 없어 보였다.

‘이제 자신의 후계자로 크리스를 완전히 점찍고 있는 건가.’

그러니 어쩌면 내가 지금 보고 있는 각 분야의 정점에 선 사람들끼리 보이는 존중과 여유의 태도야말로 원래 둘 사이의 관계가 아닐까.

‘전생에는 백하윤을 볼 일이 거의 없었고 이휘철 역시 이 집에 살면서도 거의 보지 못했으니, 둘이 함께 있는 모습은 아예 본 적이 없었지.’

다만 그런 백하윤도 아까 전 크리스가 쓰러졌던 일 때문인지 은연중 걱정 어린 마음이 조금씩 묻어나고 있었다.

이휘철도 그런 백하윤의 심경을 꿰뚫어 보았겠지만 그는 일부러 크리스의 건강은 언급하지 않으며 말을 이었다.

"백 대표님이 보시기에 지금 크리스의 실력은 어느 정도 수준입니까?"

"또래 중에서는 전 세계를 통틀어 보아도 그 정도 자질은 찾을 수 없을 것이고, 아마 프로 중에서도 크리스 정도의 실력자는 보기 드물 겁니다."

그 정도야?

바이올린에 대해서는 그 누구보다도 진지한 백하윤이니 그녀의 말에는 일체 과장이 없을 것이다.

이휘철이 감탄하며 턱을 쓰다듬었다.

"허허, 그 정도입니까."

"예. 저도 이 나이가 되도록 재능 있는 사람들은 숱하게 보아 왔지만 크리스 앞에서는 달 앞의 반디로 보일 정도입니다."

대한민국 클래식 업계의 큰 어르신인 백하윤이 이 정도 찬사를 보낸다니, 백하윤 본인도 생각해 본 적 없지 않을까.

백하윤이 자부심 가득한 얼굴로 말을 이었다.

"물론 제 기준에서는 아직 다듬을 부분도 있습니다만, 그것도 제가 크리스를 프로의 범주에서 가늠하고 있기 때문이고요."

제자 양육에 엄격한 백하윤이니 크리스 앞에서는 그런 얼굴을 하지 않을 테지만.

"즉, 지금 당장이라도 크리스의 이름을 내건 연주회가 가능하단 말씀입니까?"

"그렇습니다. 다만 저는 그렇게 하고 싶지 않지만요."

"……흐음, 어째서입니까? 그 아이를 위해서라면 만천하에 그 재능을 선보이는 것이 좋지 않겠습니까."

이휘철은 감복하는 척하며 그렇게 의중을 캐고 있었는데, 지난 몇 년간 이휘철을 옆에서 지켜본 나는 그가 무슨 의도를 숨기고 그런 말을 꺼낸 것인지 대강 눈치를 챘다.

'아무튼 지금도 충분히 현역이라니까. 왜 은퇴를 한 건지 모를 정도야.'

다만 표면상으로는 이휘철의 말도 정론인 것이, 오죽하면 '대차게 집안을 말아먹으려면 사업을, 시나브로 갉아먹으려면 음악을 해라'는 말이 있을까.

값비싼 악기와 그 유지비, 누구에게도 방해 받지 않을 방음 설비를 갖춘 연습실, 그리고 끊임없는 연습을 위한 생활비 등 클래식에는 돈이 많이 든다.

그뿐이랴, 어느 정도 재능이 보일 성싶으면 본고장인 유럽으로 유학을 보내야 하고, 거기서도 치열한 경쟁을 거치는 동안 각종 비용을 감수해야 한다.

그리고 거기에 투자한 '본전'을 뽑을 수 있는 연주자는 극

소수이며, 조금이라도 안일했다간 대선배들에게 눌리고 밑에서 치고 올라오는 후발 주자에게는 자리를 빼앗기고 마는 바닥이니.

결국 클래식 연주가들은 이 좁은 문을 연거푸 통과하기 전까지—사모처럼 원래부터 부잣집 태생이 아니면—'스폰서'를 필요로 하는 경우가 생기고, 운 좋게 재단의 후원을 등에 업더라도 평소(?)에는 상금이 걸린 각종 콩쿠르를 돌거나 레슨 등으로 돈을 벌며 생활비를 충당해야 하는 경우가 부지기수다.

'겉보기에는 우아하지만 베짱이는 베짱이 대로 개미가 이해할 수 없는 고충이 있는 거지. 동화에서도 개미가 거둬 주지 않으면 겨울에 굶어 죽는 게 베짱이의 말로니까.'

그러니 이휘철이 방금 전 암시한 대로 크리스가 자본 걱정 없이 연습에만 매진하는 환경을 위해서라면 세간에 실력을 증명하여 하루빨리 스폰서를 붙여야 하는 것이다.

백하윤이 진지한 얼굴로 대답했다.

"제 짧은 식견으로는 오히려 그렇기 때문입니다. 저는 재능 넘치는 젊은이들이 당장 세간의 박수갈채에 취해 거기서 멈추고 마는 것을 숱하게 보아 왔습니다."

"결국 결승점에 도달하는 건 토끼가 아닌 거북이였단 거군요."

"회장님 말씀대로입니다. 특히 크리스는 아직 주변의 영향에 물들기 쉬운 나이이기도 하고요."

고개를 끄덕인 이휘철이 의뭉스런 얼굴로 물었다.

"그래도 대표님, 방금 전에는 지금 당장이라도 크리스의 이름을 내건 연주회가 가능하다는 식의 말씀을 하지 않으셨습니까?"

"예. 그 생각은 지금도 여전합니다. 하지만……."

백하윤이 인상을 살짝 찡그렸다.

"냉정하게 말하자면 지금 크리스 정도로 연주할 수 있는 사람은 국내에도 제법 있습니다."

"흐음."

"제가 크리스를 높이 사는 건, 어디까지나 그 아이가 정식으로 바이올린 교육을 받지 않은 상황임에도 벌써부터 그 자질을 꽃피우고 있다는 점이니까요."

냉정하지만 정확한 평가일 것이다.

나도 비디오를 통해 본 것이 고작이긴 하지만, 크리스의 연주가 대단한 건 그녀의 나이가 아직 어리다는 걸 감안해야 할 것이다.

'만약 블라인드 테스트를 한다면 잘하는 프로 연주자 정도의 느낌을 받았겠지.'

하지만 백하윤의 기준이 너무 높아서 그렇지. 지금 실력으로도 자신의 이름을 내건 연주회가 가능한 프로로 통할 정도면 대단한 거긴 한데.

"허허, 저는 그 정도로도 대단해 보입니다만. 사람이 자신의 업으로 밥을 먹고 사는 일은 쉽지 않은 일이 아닙니까."

이휘철의 말에 백하윤이 고개를 저었다.

"회장님 말씀대로입니다. 그러나 만약 여기서 크리스의 성장이 멈추면 단지 꽤 잘하는 바이올리니스트, 그뿐이게 됩니다."

문득 백하윤이 그녀답지 않은 짓궂은 미소를 지었다.

"가까이…… 명선이라는 좋은 예시도 있고요."

"허어, 제 며느리가 말입니까?"

이휘철이 미소로 그 말을 받았다.

"제 며느리가 그 정도인 줄은 몰랐군요."

"네. 그래서 저는 그때 태석 씨와 결혼에 반대를 했었죠."

흠.

방금 한 생각은 정정. 굳이 내가 엮이지 않았더라도 둘 사이는 나빴을 것 같다.

"지금 크리스 실력은 명선이가 한창 때일 실력에 견줄 수 있을 정도니까요. 저는 물론 두 사람 다 더 성장할 여력이 있었다고 생각합니다만."

이휘철도 지지 않고 가시 박힌 농담으로 받아쳤다.

"하지만 가장 중요한 건 당사자의 견해겠지요."

"네, 회장님 말씀대로입니다. 그래서 저는 저희 크리스가 다른 일에 한눈을 팔지 않았으면 하고 바라는 거구요."

두 괴물의 신경전에 괜히 내 속이 쓰렸다.

'그나저나…… 그렇다는 건 전성기 때 사모도 자신의 이름을 내건 연주회를 할 수 있는 수준이었단 말인가?'

나도 사모의 연주는 몇 차례 들어 보았지만, 그 정도였을 줄이야.

아니 물론 백하윤의 표현에는 크리스 같은 미소녀가 신들린 연주를 해낸다는 상품성도 포함한 거겠지만.

'……그래도 그건 결국 아직 꼬맹이에 불과한 크리스가 백하윤의 촉망받던 제자로 손꼽히던 사모의 전성기 시절에 버금갈 실력이라는 말이기도 하군.'

뭐, 어쨌건 이태석과 결혼하고 업계에서 물러난 건 결국 사모의 선택이었고, 그녀도 그 결정을 후회하는 것 같지는 않으니 저 두 사람도 농담 삼아(?) 이런 말을 꺼낼 수 있는 것이리라.

'아무튼 그만큼 이 업계에 재능이 미치는 영향은 어마어마한 거겠지.'

백하윤이 다시금 담담하지만 진지한 말씨로 말을 이었다.

"그리고 크리스가 지금 세상에 모습을 드러낸다면…… 그럴 의도가 없더라도 많은 이들의 꿈을 짓밟고 말 겁니다."

"그 애가 독보적인 천재여서입니까?"

"예. 저는 크리스를 아끼는 것만큼이나 대한민국의 클래식 유망주들의 전반적인 성장도 바라고 있으니까요."

나는 왠지 문득 얼마 전 금일 그룹 행사장에서 내게 시비를 걸었던 소년을 떠올렸다.

'그런 녀석도 타고난 재능과 노력을 쏟아부었을 텐데, 아직 초등학교 1학년쯤 되는 크리스와 동시대를 살아가야 한다니……. 왠지 크리스가 대중에 공개되는 순간부터 절망할 유망주들이 눈에 선하군.'

어쨌건 백하윤은 크리스뿐만 아니라 업계 전체의 성장을 위해, 크리스가 일찌감치 그들의 꿈을 지르밟지 않게끔 한동안 대중에 공개를 자제하려는 것이리라.

이 나이에 그 정도의 연주가 가능한 사람이 나타난다면, 개중에는 그 괴물 같은 재능에 절망하고 말 사람이 나타날 테니까.

'단 한 번 콩쿠르에 나갔던 나한테도 그런 질투와 시샘어린 견제가 들어왔을 정도이니 아예 전업으로 나서는 크리스가 등장하게 되면 오죽할까.'

백하윤이 말을 이었다.

"한편, 운이 좋게도 저는 저 한 사람 이상의 생계를 이어 갈 정도의 돈은 벌어 두었죠. 그러니 크리스가 완숙해지기 전까지라면 어떻게든 저 혼자 힘으로도 그 아이 하나쯤은 책임질 수 있다고 생각합니다. 요즘은 왠지 그 하늘이 내려 준 재능을 더 갈고닦는 것이 제게 남은 소명인 것 같더군요."

조금 새삼스럽지만, 나는 방금 백하윤의 이야기를 듣고서야 그녀가 갖은 수단을 써 가며 방송국이 아닌 자신의 손안에 두려 한 진심을 확실히 알게 되었다.

방금 전 대화에서도 언뜻 드러났지만 클래식, 특히 바이올린에 진심인 백하윤은 재능 넘치는 신인이 당장의 개인 영달을 위해 돈벌이에 나서는 것보다 그 자체로서 어느 경지를, 그렇게 해서 업계를 한 차원 끌어 올렸으면 하는 바람이 있는 것이다.

그녀가 가장 두려워 한 것은 크리스가 방송 출연 따위로 일치감치 세간의 주목을 받아 성장이 정체되고 마는 것—그리고 동시대 유망주들의 절망—이었고, 그러자면 그녀가 가진 유무형의 자산에서 손해를 감수하더라도 크리스를 보호할 필요가 있었던 것이리라.

'그리고 크리스는 그녀의 그 몽상에 가까운 이상을 실현할 수 있는 가장 유력한 후보인 거지.'

나는 힐끗 이휘철을 보았다.

'그런데 이휘철은 그런 백하윤의 심정을 나보다 더 잘 알고 있었던 모양이군.'

아니나 다를까 이휘철이 말을 받았다.

"저도 대표님의 결정을 진심으로 응원하겠습니다."

"감사합니다."

"하지만 말입니다."

이휘철이 한 차례 운을 뗀 뒤 말을 이었다.

"그러기에 저희는 너무 늦지 않았습니까?"

이휘철은 이것을 화두로 꺼내기 위해 차근차근 빌드업을 쌓아 올린 것일 터다.

늙었다.

그 말에 백하윤은 움찔했다.

늙는다는 것도 어떤 의미에서는 시대에 따라 기준을 달리하는 것일까.

고령화 사회에 진입한 근미래를 살았던 내 기준에서야 백하윤이 아직 한창 때이며, 심지어 나는 그녀가 언제 사망하는지를 알고 있으니 이휘철의 말이 어불성설인 걸 알고 있지만, 이 시대 대한민국은 아직 환갑잔치에 손주까지 불러 그 재롱을 보는 시대였고, 고령화 시대라는 키워드가 남의 일처럼 여겨지는 시대였다.

그러니 백하윤도 자신의 주변이 그녀를 어떻게 보는지 체감하고 있을 터이다.

'실제로 환갑을 넘겼으니 백하윤도 결코 적지 않은 나이고.'

백하윤은 억지로 웃음을 지었다.

"아무리 그래도 여자 앞에서 잔인한 말씀을 하시는군요, 회장님."

"허허, 결례인 걸 알고는 있습니다만 그 자체를 부정해서는 안 되겠지요."

이휘철이 말을 이었다.

"얼마 전, 제가 심장 이상으로 쓰러지지 않았습니까?"

"그랬지요. 그때는 저도 깜짝 놀랐습니다."

"예. 아마 이 집에 머물고 있는 한 군이 응급 조치를 해 주지 않았다면 저는 지금 이 자리에 없겠지요."

자신이 죽었을지 모를 가능성을 언급하는 이휘철의 어조는 담담했다.

"부끄러운 이야기지만 저는 그제야 제가 늙었다는 걸 깨닫게 되었습니다. 이후 병실에 누워 쭉 생각해 보았습니다만, 늙은이의 역할이란 다음 세대를 위한 포석을 깔기 위함이 아닐까, 그런 생각에 미치더군요."

그건 이휘철의 진심일까, 아닐까.

분명 한 차례 병을 앓고 깨어난 이후 이휘철의 대외적 행보는 그 말에 거짓이 없음을 방증하고 있지만, 나는 왠지 그가 방금 입에 담았던 것처럼 자신을 뒷방 늙은이로 치부하는 중이라는 생각은 들지 않았다.

"결국 이 나이가 되면 항상 죽음을 염두에 두고 살아야 합니다. 아마 저도……."

이휘철은 의식적으로 나를 힐끗 쳐다보았다.

"저 녀석이 장성하여 우리 회사를 바꿔 가는 모습을 끝까지 지켜보지 못할 테지요. 지금은 그게 무척 아쉽습니다."

"……."

백하윤은 한동안 아무런 말도 하지 않았다.

백하윤도 지금껏 자신이 고령임을 충분히 인지하고 있었겠지만, 아마 이렇듯 그녀의 나이와 노환, 그리고 노환에 따른 죽음을 직접적으로 언급한 것은 이휘철이 유일하지 않았을까.

그래서 백하윤은 지금껏 자신이 외면해 오던 잔인한 현실을 마주하곤 불쾌감과 막연한 불안감을 느끼고 있는 것이리라.

"오늘 같은 날."

방 안에서 오로지 뭉근하게 물 끓는 소리만 맴도는 오랜 침묵 끝에 백하윤이 천천히 입을 뗐다.

"회장님께서 제게 이런 말씀을 꺼내신 저의가 있겠지요. 무슨 말씀을 하고 싶으신 건가요?"

그 와중 이 상황을 냉정하게 분석하는 백하윤도 백하윤이었다.

"실례했습니다."

이휘철이 담담히 대답했다.

"방금은 일부러 그런 말을 하기는 했지만, 본심은 그렇지 않습니다. 대표님은 지금도 정력적으로 회사를 꾸려 가고 계시고, 저도 대표님 나이 때 많은 일을 했으니 분명 크리스가 훌륭한 음악가로 성장하는 걸 지켜보실 수 있을 겁니다."

이휘철은 아무렇지도 않게 당근을 흔들어 보인 뒤 말을 이었다.

"다만…… 조금 오지랖을 부려 보자면 이 나이가 되면 항상 혹시나 모를 만에 하나는 대비를 해 두어야 한다는 말씀을 드리고 싶어서요. 여쭙겠습니다만, 유언장은 작성하셨습니까?"

"……아뇨."

"허허. 뭐, 그러는 저도 얼마 전 병에서 깨어난 후에야 유언장을 작성했으니 할 말은 없습니다만."

거짓말이다.

전생에도 이휘철은 항시 유언장을 준비해 두었고, 이를 매 시기 상황을 따져 갱신해 왔다.

그래서 이휘철의 사후 이태석이 삼광전자를 큰 문제없이 (이사진과 마찰은 빚었지만 최소한 다른 친척들이 숟가락을 얹지 못하였으니) 승계할 수 있었던 것이다.

'흠, 지금은 그게 어떻게 바뀌어 있는지 궁금한데.'

여담이지만, 전생의 이태석이 죽지 않고 혼수상태로 생을 연명하는 바람에 유언장이 공개되는 일 없이 승계 문제가 꼬여, 그게 결과적으로 이성진의 죽음으로 이어졌다고 한다면, 비약일까 아닐까.

"……어쨌거나 제가 드리고 싶은 말씀은 대표님도 이후를 생각해 보셔야 한다는 겁니다."

"제가 가진 재산이라고 해 봐야 보잘것없는 것입니다."

뭐, 상대적으로는 그렇겠지.

게다가 슬하에 자식이 없는 백하윤은 평소부터 자신의 사후 어떻게 재산이 처분되든 상관하지 않았을 것이다.

이휘철이 고개를 저었다.

"저는 돈의 분배를 문제 삼는 것이 아닙니다. 유언장에 무엇을 쓰는가, 그리고 누구에게 무엇을 맡기는가 하는 건 비단 돈뿐만이 아니라 그 사람의 정신, 삶의 의지를 이어받는 것이기도 합니다."

"정신…… 말씀입니까?"

"예."

이휘철이 말을 이었다.

"여기서 남의 일을 언급하고 싶지는 않지만 최근 조광 그룹에서 일어나고 있는 일도 그 유언장이 문제가 되어 생긴 일이지요."

"아, 조광 그룹이라면……."

조광과 직접적으로 엮인 적이 없던 백하윤도 신문이나 뉴스로 그 소식 정도는 접해 보았으리라.

"예. 만약 조성광 회장이 손녀에게 상속 지분을 맡기지 않았더라면…… 그분의 두 아들이 겪은 비극과 별개로 조광 그룹 자체는 외부 CEO를 영입하든가 하는 식으로 안정되었을 겁니다. 하지만 조성광 회장이 조세화라는 아이에게 두 아들과 같은 정도의 유산을 남겨 둔 바람에 그들은 이러지도 저러지도 못한 상황에 직면하고 만 것이지요."

조세화의 그 CEO 제안을 박차신 분이 뭐래.

'……뭐, 이제는 나도 이휘철이 CEO직을 수락하지 않은 이유를 알 것 같긴 하지만.'

전생에도 없었던 일이니 무의미한 가정이지만, 아마 차라리 조세화에게 조성광의 유산이 돌아가지 않았더라면 오히려 이휘철이 조광의 CEO가 되는 미래가 있었을지도 모르겠다.

이휘철이 물었다.

"지나가는 말로 성진이에게 크리스가 사실상 혈혈단신이나 다름없다는 이야기를 들었는데, 구체적으로는 어떻습니까?"

백하윤이 조금 표정을 굳혔다.

아마 상대가 이휘철이 아니었다면 면전에 대고 '지금 나더러 크리스를 데려온 책임을 지라는 것이냐'고 따져 물었을 것이다.

물론 백하윤도 그런 생각을 하고서 크리스를 데려왔을 테지만, 생판 남에게서 그런 이야기를 듣는 건 어쨌거나 결코 유쾌한 일은 아니다.

"그에 대한 준비는 하고 있습니다."

그리고 백하윤은 이휘철 앞에서 조금이라도 속내를 드러내고 말 여지를 주었다는 것에 자존심이 상했는지 다소 날이 서린 어조로 대답을 이어 갔다.

"그래요. 그러면 아까 회장님께서 말씀하신 유언장에 크리스를 상속인으로 지정하면 되는 일이겠군요."

"글쎄요."

정작 이휘철은 떨떠름한 얼굴로 턱을 쓰다듬었다.

"저는 그런 일은 별로 권장하고 싶지 않습니다."

"……예?"

"혹시나 그렇게 될까 봐 드린 말씀이었습니다만, 그런 생각을 하셨다니 오지랖을 부려 보길 잘했단 생각이 듭니다. 허허."

"……."

백하윤이 물었다.

"그건 국제법이 얽힌 문제이기 때문입니까?"

"아니오. 그런 것쯤은 문제 될 것이 아닙니다."

이휘철이 고개를 저은 뒤 진지한 얼굴로 물었다.

"이 일에 얽힌 법적 문제는 차치하고, 만약 이대로 대표님이 가진 재산만 크리스에게 넘어가게 된다면 어떻게 될 것 같습니까?"

"……그건."

"십중팔구는 좋지 않은 일이 될 겁니다. 또한 단도직입적으로 말씀드리자면 크리스는 지금 당장만 하더라도 상품성이 충분하지요. 대표님의 비호가 없어진다면 다른 사람들이 그 아이가 가진 재능을 소모하도록 하는 일쯤이야 충분히 짐작할 수 있을 겁니다."

하긴, 크리스가 우리에게 오기 전 부터가 방송국이 '상품성이 있다'는 이유로 픽업한 게 그 계기였으니까.

그나저나 왠지 속이 뜨끔한데, 나한테 한 말은 아니겠지?

한편 백하윤도 그 점은 아차 싶은 얼굴이었다.

"그러면 회장님, 제가 어떻게 하면 좋겠습니까?"

이휘철은 자신이 기대하던 모습을 이끌어 냈다.

"사안의 복잡성과 달리 의외로 답은 단순합니다. 시스템에 맡기는 거지요."

"시스템?"

그때 '일부러' 뭉근한 온도로 끓이고 있던 포트가 적당한 온도로 물이 끓었음을 신호음으로 알렸다.

설마, 일부러 시간을 계산해 가며 지금 이때까지 기다린 건 아니겠지?

"마침 차가 준비되었군요."

이휘철이 나를 향해 빙긋 웃었다.

"성진이는 차를 준비하여라."

"예, 할아버지."

구석에서 꿔다 논 보릿자루처럼 있던 나는 그제야 차를 준비해 그들에게 향했다.

"그 시스템이라 함은."

이휘철이 내가 차를 우리는 동안 입을 뗐다.

"재단을 통하는 겁니다."

"아."

백하윤은 이휘철이 말하는 바를 단박에 짐작해 냈다.

'아까 전 나한테 귀띔해 준 대로군.'

삼광 그룹은—아마 사모의 의중도 더해—재능 있는 클래식 유망주들에 대한 후원을 이어 왔고, 그 장학금을 받아 유학을 떠나 좋은 성과를 거둔 연주자들도 제법 많았다.

'게다가 이 일에 앞서 만에 하나 크리스의 건강 문제가 알려진다면 백하윤 입장도 난처해지지. 하지만 이휘철은 자신이 대신 나서서 그 비밀 유지까지 해 줄 수 있다는 제안을 하는 거야.'

백하윤도 그런 이휘철의 속뜻을 짐작하는 듯한 얼굴로 그에게 물었다.

"그러면 혹시 삼광재단에서 크리스를……."

이휘철이 손사래를 치며 난색을 표했다.

"아니오. 그렇게는 힘들지요."

엥? 아니야?

'나는 이휘철이 크리스를 우리 재단에서 관리하려는 줄로 알았는데.'

나한테도 그런 식으로 진행해 보란 식의 말을 하기도 했고.

이휘철이 말을 이었다.

"저도 그러고 싶은 마음은 굴뚝같지만 크리스는 지금 이해 관계자가 많이 얽혀 있습니다. 만일 저희 재단이 크리스를 후원하게 된다면 여기저기서 말이 나오게 되지 않겠습니까? 그건 크리스에게도 바람직한 일이 아닐 터입니다."

"……"

하기야 사실, 지금 크리스가 지금 여기 있을 수 있는 건 어디까지나 백하윤이라는 거물이 뒤를 봐주고 있기 때문이다.

실제로 크리스를 발굴해 낸 건 CBS방송국이며, 또한 크리스는 '백하윤 개인'이 아닌 바른손 레코드의 명의로 한국에 데려온 상황.

이런 와중에 생판 남이나 다름없는 삼광 그룹 재단이 크리스를 냉큼 뺏어간다면?

'말 그대로 미운 털 박히는 거지, 뭐.'

게다가 방송국 놈들의 쪼잔함과 그 바닥이 인맥으로 돌아간다는 것쯤은 알 사람은 다 아는 이야기이기도 하고.

'그런 방송국도 지금은 백하윤의 눈치를 보는 것뿐이지.'

그러고도 우리한테 예능 하청을 맡기는 갑질은 잊지 않았으니, 그것도 일종의 정치적 기 싸움이 포함된 결과였다.

'대강 알겠군. 그런데 이휘철은 내게 맡긴 일을 번복해 가며 이 일을 풀어 갈 생각인 거지?'

그 상황의 차이라면 크리스가 쓰러지기 이전과 이후라는 건데.

'그것도 백하윤이 자신의 입장을 재고하는 계기가 되었다면 되었지만.'

내가 궁금해하듯 백하윤도 궁금해하며 물었다.

"그러면 어떻게 하면 좋겠습니까?"

백하윤의 질문에 이휘철이 찻잔을 들어 올리며 대답했다.

"이 기회에 대표님 이름을 내건 재단을 하나 설립해 보심이 어떠하신지요."

백하윤이 눈썹을 씰룩였다.

"……제 이름을요?"

"예. 대표님의 백하윤 이름 석 자가 대한민국에 어떤 영향을 끼치고 있는가를 생각해 보면 지금껏 없던 게 이상할 정도가 아닙니까?"

"……."

백하윤이 대한민국 음반 업계에 지대한 공을 끼쳤다는 걸 감안하면 충분히 있을 수 있는 일이기도 했지만 이휘철의 말과 달리, 대한민국에 백하윤의 이름을 내건 재단이 없다는 건 당연한 일은 아니었다.

백하윤도 한때 자신의 이름을 내건 재단을 통해 후계자를 양육해 보고 싶다는 마음은 굴뚝같았을 것이다.

하지만 지금껏 그러지 않았던 것은 백하윤이 바른손레코드라는 이익 집단의 대표라는 직함에 머물러 있었다는 것과 그녀가 재단을 경영하는 것보다는 현역에 몸담으며 할 수 있는 일이 더 많기 때문이었다.

'즉, 사실상 이휘철은 백하윤에게 은퇴를 권고하는 거로군.'

그런데, 그렇게 하면 내가 하는 엔터사업은 어떻게 하라고?

'아무리 이휘철 기준에서는 푼돈이라지만, 아직 백하윤이 필요한 나한테는 너무한 거 아니냐고.'

백하윤도 이휘철의 그런 의중을 눈치채고 조금 혼란스러워하고 있었다.

백하윤 역시도 이휘철이 어떤, 자신의 영향력 안에 있는—이를테면 나처럼—존재가 이번 협상으로 이득을 얻을 내용을 제시하리라 생각한 모양이었으나, 정작 이휘철의 말은 그 반대였으니까.

"뭐, 당장은 아닙니다. 대표님은 이미 그 자리에서 대한민국 음악 업계에 큰 영향을 끼치고 계시는 만큼 지금 하고 계시는 일도 막중하니까요."

이휘철이 한 모금 마신 찻잔을 내려놓았다.

"다만 대표님만 허락하신다면 저희가 약간의 도움을 드릴 수 있을 것 같습니다만."

"……삼광 그룹에서 말씀입니까?"

"예. 이를테면……."

거기서 이휘철은 (일부러 그랬으면서)그제야 생각이 났다는 양

나를 보았다.

"허허, 오랫동안 붙들고 있어서 미안하게 됐구나. 성진이는 이만 물러가 보거라."

거, 핵심 사안을 앞에 두고 이제 와서 축객령이라니.

'사람 약 올리는 것도 아니고⋯⋯.'

뭐, 그러는 나도 이휘철이 무슨 의도로 그런 말을 한 건지는 대강 짐작하고 있지만.

"예, 할아버지. 이만 물러가 보겠습니다. 선생님, 실례했습니다."

백하윤이 빙긋 웃으며 내 인사를 받았다.

"아니에요, 성진 군. 차 잘 마실게요."

그렇게 물러나려는데 이휘철이 문득, 무슨 생각에서인지 내 옷깃을 붙들었다.

"아 참, 대표님. 한 가지 궁금한 게 있습니다."

"예?"

이휘철이 짓궂은 얼굴로 나를 보며 백하윤에게 물었다.

"이 녀석과 크리스의 재능을 비교하면 어떻습니까?"

"⋯⋯."

백하윤은 잠시 입을 다물었다가 빙그레 웃으며 대답했다.

"아마 성진이가 다른 일을 제쳐 두고 바이올린에 매진하고 있었더라면⋯⋯ 크리스의 좋은 경쟁 상대가 될 뻔했겠지요."

⋯⋯조금 뒤끝이 남아 있긴 하군.

"그렇군요."

막상 이휘철은 그 말을 담담하게 받으며 나를 보았다.

"가는 데 붙잡아서 미안하구나."

"아니에요, 할아버지. 이만 실례하겠습니다."

나 원.

나는 방을 나서며 고개를 저었다.

'어쨌거나 나는 아직 이런 대화에 낄 자격이 없는 어린아이라는 식인 거지.'

이휘철은 방금 전 축객령으로 백하윤과 사이에 있는 나라는 접점을 제거함으로서, 그의 말이 내가 얻을 이득과 무관하다는 것을 어필한 셈이다.

'오롯이 백하윤과 크리스 사이의 문제라는 걸 강조하는 거지.'

동시에.

'그러면서 내가 들을 만한 핵심 요소는 다 전달했으니, 앞으로 어떻게 될지 궁금하면 나 스스로 생각해 보라는 시험도 겸하는 건가.'

그러니 어떤 의미에서는 '은퇴 이후 후계자'를 생각한다는 이휘철의 말은 거짓이 아니기도 했다.

'정작 그 후계자로 낙점되고 만 나는 그게 스트레스지만.'

이럴 때마다 아무래도 이휘철의 기준점은 너무 높지 않나, 생각하고 만다.

'아마 이태석도 이런 이휘철의 시험을 통과했기에 삼광전자를 물려받을 수 있었던 거겠지.'

만약 이태석이 이휘철이 세운 기준점에 미치지 못하는 인물이었다면 이휘철은 자식이나 다름없는 당신의 조카들에게 그룹을 맡겼을 사람이니까.

'그러는 이휘철도 정작 이태석의 우유부단함까지는 내다보지 못했으니, 그도 신은 아니야.'

이태석이 전생의 이성진에 대해 좀 더 엄격하게, 이휘철이 하는 반만큼이라도 잣대를 들이댔더라면 내가 기억하는 삼광 그룹의 혼란은 발생하지 않았을 것이나, 이태석은 저래 보여도 잔정이 많은 사람이라는 것을 나는 이번 생에 와서 깨닫게 되었다.

'그나저나 방금 백하윤의 말을 뒤집어 생각해 보면…….'

한편으로 그녀는 내게도 방금 극찬한 크리스 정도의 잠재성을 엿보았단 것이리라.

'그거 참, 어떤 의미에서는 묘하군. 내 입으로 말하기는 뭣하지만, 나 정도 되는 바이올린 천재가 동시대에 나타나다니.'

다른 한편으로는 그 현상에 위화감이 들었다.

'그러면 그 대단한 크리스가 전생에는 뭘 한 거지?'

아무리 클래식에 문외한인 전생을 보냈다고는 하지만, 전생의 나도 삼광 그룹의 관계자라면 관계자 말석에 이름을 올릴 수 있는 몸이었다.

삼광 그룹은—아마 사모의 의중도 더해—재능 있는 클래식 유망주들에 대한 후원을 이어 왔고, 그 장학금을 받아 유학을 떠나 좋은 성과를 거둔 연주자들도 제법 많았다.

그러나 거기에 크리스 정도 되는 천재 유망주의 소식은 들려오지 않았고, 그런 천재 미녀(아마 미인으로 성장할 것이 분명하니) 바이올리니스트에 대한 소문은 해외에서도 들어보지 못했다.

'거기엔 뭔가, 내가 놓친 부분이 있는 건가.'

내가 아무리 기억력이 좋은 편이라지만 어쨌건 클래식은 내 관심 분야도 아니었고, 깊이 파고든 적도 없었으니 내가 알아보려 한 적 없는 것은 나도 모르는 것이니까.

'흠, 어쩌면 백하윤의 말마따나 일찍이 재능을 소진하고 성장이 정체되어, 성장한 뒤엔 그저 그런 바이올리니스트로 남고 말았을지도 모르겠어.'

하지만 그렇게 생각했더니 문득, 이런 생각도 들었다.

'그런데 전생의 이성진에게는 지금 나 정도 되는 바이올린 재능이 존재하지 않았을 텐데.'

그렇다는 건, '전생의 크리스'에게는 그런 재능이 없었다는 걸까?

거기까지 생각이 미치자 나는 계단을 오르다가 말고 잠시 멈칫했다.

'만에 하나 생각하는 거지만, 혹시 어쩌면, 크리스도 나처

럼 전생을 기억하는 누군가일까?'

오늘 처음으로 잠깐 보았을 뿐이지만, 나는 크리스의 나이에 걸맞지 않은 묘하게 어른스러운 태도와 나를 향한 알 수 없는 적의를 떠올렸다.

내가 이런, 전생을 기억하는 상태로 남의 몸에서 환생한 상황을 겪고 있는 거라면—더군다나 그 일의 원인조차 알 수 없는 상황이라면— 응당 남에게도 그런 현상이 일어날 수 있다는 것도 감안을 해야 마땅하다.

'그렇다면 전생에 이성진에게 원한을 가진 인물이라거나…….'

나는 이 생각이 근거 없는 망상인지, 아니면 내 쓸데없이 신중함에서 기인한 망상인지 헷갈리는 상태로 방문을 열었다.

'어쨌거나 크리스에 대해서는 시간을 두고 차분하게 관찰을……. 응?'

방문을 연 나는 그만 멈칫하고 말았다.

내 방에는 한성아의 몇 년 전 옷을 빌려 입은 크리스가 의자에 앉아 나를 기다리듯 앉아 있었다.

"꽤 늦었네."

크리스는 내게 다짜고짜 그런 말부터 뱉었다.

'뭐지?'

나를 상대로는 아예 어린애라는 걸 티내지도 않는 크리스를 보며, 나는 당황했다.

'정말로…… 나처럼 전생한 녀석이었나?'

하지만 나는 얼른 마음을 가다듬고 미소 띤 얼굴로 물었다.

"그래. 몸은 어떠니?"

크리스는 인상을 찌푸린 뒤 툭 하고 내뱉듯 답했다.

"보는 대로."

"그러면 괜찮은 모양이네."

나는 태연함을 가장하며 등 뒤로 방문을 슬쩍 걸어 잠갔다.

"그런데 내 방에는 어쩐 일이야? 잊어먹은 거라도 있어?"

"……아, 그래. 있지. 있고말고. 돌려줄 물건을 깜빡했지 뭐야."

기다렸다는 듯 대답한 크리스는 주머니를 뒤적여 꺼낸 물건을 손에 들어 보였다.

"휴대용 녹음기…… 아니, 도청기라고 해 둘까."

"……."

그걸 보는 순간 나는 입안이 바싹 마르는 기분을 느꼈다.

크리스는 그런 내 심경의 변화를 눈치챈 것처럼 비릿한 미소를 지으며 손에 든 녹음기를 까딱까딱 흔들어 댔다.

"이거 참, 대한민국을 대표하는 삼광 그룹의 도련님께서 병석에 누운 여자애의 도청을 시도하다니. 변태가 아니면 뭘까?"

나는 나도 모르게 마른침을 꿀꺽 삼킨 뒤 그녀에게 물었다.

"너, 누구냐?"

"크리스티나 밀러."

"……."

"아니 이렇게 말해야겠지. '너처럼' 전생을 기억하고 있는 사람이라고."

대답할 생각은 없는 모양이군.

크리스가 말을 이었다.

"걱정하지 마. 이 녹음기의 존재를 남에게 알릴 생각은 없으니까. 나는 단지 너랑 조금 이야기를 해 보고 싶을 뿐이거든."

"대체 뭘 알고 있는 거지? 너는 대체 누구고?"

"내가 그걸 곧이곧대로 말할 리 없잖아, 벼…… 멍청아."

"……."

하긴, 그것도 그렇군.

나라도 전생자를 상대로 자신의 전생이 무엇이었는지 밝히지 않을 테니까.

"그렇다는 건 어쨌거나 너도 전생자라는 거로군."

"그건 아까 내 입으로 말했잖아?"

크리스가 어깨를 으쓱였다.

"그건 이를테면 '내가 어떻게 전생자라는 걸 알았지?' 와 비슷한 수준의 멍청한 질문이지."

"……너무 눈에 띄었나?"

"그래."

단답으로 대답한 크리스는 내가 녹음기를 보고 있는 걸 눈치챘는지 씩 웃었다.

"왜, 내가 너처럼 이 대화를 녹음하고 있을까 봐?"

"생각이 있다면 그걸로 하지는 않겠지. 그 몸이나 내 방에 따로 도청기를 설치한 게 아니라면 말이야."

"그런 일은 없어. 물론 오늘 용산 전자상가를 가기는 했지만, 나도 지금 같은 상황이 올 줄은 몰랐으니까. 또, 그런 멍청한 짓으로 내 목을 죌 생각도 없고."

만만치 않군.

나는 이죽거림을 멈출 생각이 없어 보이는 크리스를 물끄러미 보았다.

"그러면 지금 네가 자신이 실은 누구라는 걸 드러내면서 나를 만난 건 리스크가 없는 행동이라고 생각하나?"

"물론 없지는 않지. 없지는 않아."

크리스가 고개를 주억거렸다.

"어쨌건 네가 지금 당장 내 목을 졸라 죽인다는 리스크가 있을 수 있겠고……. 물론 그랬다가는 네가 지금껏 쌓아 올린 선량한 도련님 이미지는 박살이 나고 말겠지만."

"……"

"다음으로는 이 순간을 모면한 네가 사람을 시켜 나를 쥐도 새도 모르게 없애 버릴 수도 있다는 것 정도?"

"잘 아는군."

내가 그런 짓을 할 수 있는 인간이라는 것까지도.

크리스가 빙긋 웃었다.

"하지만 나는 그딴 것보다, 그런 리스크를 감수하고서라도 일단 나는 너와 이야기를 해 보고 싶은 것뿐이야."

"왜, 미래가 어떤지 아는 사람끼리 회포라도 풀고 싶어서? 잘됐네. 나도 그간 외로웠거든."

어쨌거나 내가 전생자임을 그녀가 알아낸 것은, 그녀 또한 나와 같은 처지와 환경에 놓여 있기 때문일 테니까.

크리스가 픽 웃었다.

"이런 상황에 같잖은 농담은 여전하네."

"……마치 나를 잘 아는 말투군."

"뭐, 조금 알지."

크리스가 어깨를 으쓱였다.

"그렇다고 너를 한성진, 이라고 부르면 저 다락방에 있는 한성진이랑 헷갈릴 테니까 그러지 않을 뿐이야."

"……"

전생의 내가 누군지 알고 있다고?

나는 순간적으로 크리스를 죽일까, 생각했다가 내가 자연스럽게 그런 생각을 떠올리고 말았다는 것에 조금 놀랐다.

'아니, 그건 리스크가 커. 아무리 내가 누구라 한들 가족들도 그걸 커버해 줄 수는 없겠지.'

생각하는 사이 크리스가 말을 이었다.

"덧붙이자면 네가 지금 몸을 빌리고 있는 이성진에 대한 것도 조금 알고 있지. 최소한 그가 지금 네가 저 다락방 '한군'에 하는 것처럼 자상하고 친절하지 않았다는 것 정도는 말이야."

"……."

우리 관계를 꽤나 자세히 알고 있는 걸로 보아 전생의 크리스는 아마 이성진의 주변 인물이었던 듯하다.

'하지만 어쨌건, 그녀의 말마따나 이번 커밍아웃은 그녀도 리스크를 감수해 가며 하는 말이야. 지금은 내가 환경적으로나 물리적으로나 월등한 강자지.'

그러니 그 용기와 결단력을 존중해서라도 당분간은 무슨 꿍꿍이로 이러는 건지, 내버려 두기로 하자.

"됐으니 슬슬 용건이나 말해 보시지. 돈이냐? 아니면……."

크리스가 인상을 찌푸렸다.

"돈이라니, 나를 단단히 오해하고 있군. 아니면 이번에도 같잖은 농담이냐?"

"그야, 나는 아마도 네가 초면인 모양이니까. 이번 생에서는 확실히 초면이기도 하고."

"종알거리긴. 정신 사나우니까 그 입 좀 닥쳐."

"그러지."

크리스가 한숨을 내쉬었다.

"어쨌건 돈은 아니야. 돈 따위, 너도 알겠지만 미래가 어떻게 돌아가는지만 안다면 얼마든지 벌 수 있으니까."

말 그대로다.

"그럼?"

"정보."

크리스가 담담히 말했다.

"정확히는 네가 여기서 깨어나기 전 마지막 전생의 기억."

거기서 나는 문득, 전생에 들었던 어느 목소리를 떠올렸다.

「그걸로 이성진을 죽여. 한성진.」

'비록 길게 말하지는 않았지만 그자 또한 나와 이성진의 악연에 대해 잘 알고 있는 눈치였지.'

다만 나는 크리스의 저 오만불손한 태도에서 그녀가 내게 이성진 살해를 협박한 인물과 다른 존재라는 정도는 눈치챘다.

'크리스 역시 자신이 왜 여기 이러고 있는지 영문을 모르고 있는 건 아닐까?'

그녀가 내게 전생자라는 정체를 밝히는 리스크를 감수해 가며 대화를 시도하는 건, 거기에 연하고 있는 모양이었다.

'아직 정체는 알 수 없지만…… 어쨌거나 당장은 같은 적을 둔 아군이라는 느낌이군.'

물론 아직까진 그녀가 아군인지, 언젠가 내가 없애 버려야 할 존재인지 알 수 없지만.

'일단은 말이지.'

4장

크리스가 픽 웃었다.

"오해하지 말아 줬으면 하는데, 나는 지금 너를 협박하는 게 아니야."

나는 생각한 바를 내색하지 않고 그를 떠보았다.

"왜, 아니면 지금 이게 거래라고 말하고 싶은 건가?"

"그래, 부탁에 가까운 거래라고 해 두지. 지금 나는 아무것도 가진 것 없는 꼬맹이에 불과하지만 너는 모든 것을 가졌잖아? 아까 말했듯 내가 네 앞에서 정체를 밝힌 일은 리스크를 감수하고서 하는 일이다."

크리스는 그렇게 말하고 있지만, 사실 내가 크리스를 죽이는 일은 쉽지 않다.

아니 좀 더 정확히 말하면 '죽이는 것' 자체는 지금 당장이라도 할 수 있지만 그게 깔끔하지 않다는 점이 문제였다.

지금 크리스를 어르고 달래 돌려보낸 뒤 사람을 시켜 그녀를 제거하는 일조차도, 내 주변에 그런 지저분한 일을 해 줄 사람은 없다.

설령 내게 심적인 채무를 빚진 강이찬이라 하더라도 내가 아직 초등학교 1학년이 될까 말까 한 꼬마 여자애를 죽이라고 명령하면 내 곁을 떠나갈 것이리라.

'어쩌면 김철수라면 해 줄지도 모르지만…… 그에게 이런 일로 약점을 잡히면 나중에 더 큰 채무로 돌아올 것임이 분명하고.'

다만 크리스도 내게 그런 약점이 있다는 건 아직 모르는 눈치이니 나는 나대로 이 상황을 이용하고 있을 뿐.

'아마 그녀는 재벌가에 대해 오해를 하고 있거나 나를 과대평가하고 있는 모양이지.'

크리스가 덧붙였다.

"그리고 이건 너에게도 나쁜 이야기는 아닐 거야. 거래라고 했지? 즉, 나에게도 기브 앤 테이크로 너에게 던져 줄 수 있는 정보가 있을걸."

"글쎄, 네 도움이 필요할 것 같지는 않군."

"정말 그렇게 생각하나? 암만 네가 전생에 이성진의 친구……."

"친구가 아니었으니 그 표현은 정정해 주면 좋겠는데."

크리스가 인상을 찌푸렸다.

"친구가 아니었나?"

"좀 더 정확히 하자면 전생의 나는 놈이 목줄을 쥔 개 같은 거였거든."

크리스는 복잡한 얼굴로 고개를 숙였다.

"그건…… 몰랐군."

"뭐, 개는 인류의 친구라고 표현할 거라면 상관없지만."

크리스가 어딘지 억지웃음으로 보이는 얼굴로 말했다.

"퍽 자조적인걸. 네가 이런 성격인 줄은 몰랐는데. 이번 생에 들어 비뚤어진 건가?"

"원래이랬어. 뭐, 아마 내가 비뚤어진 원인을 찾는다면 이성진 그놈 때문이겠지. 그 왜, 이성진 그 망나니 놈이 없어진 이번 생의 한성진은 지금 나와 달리 무척 올곧게 자라나고 있지 않냐?"

"……."

"그나저나 너, 나를 꽤나 잘 아는 눈치인데."

크리스는 그 말에 대한 대답 대신 말을 이었다.

"어쨌거나 거기에는 네 위치에서는 알 수 없었을 고급 정보도 적잖이 있을 거다."

"이를테면?"

"그건 말해 줄 수 없지. 무언가에 대해 모른다는 걸 알게 되면 그 모르는 걸 알아보면 될 일이니까. 그리고 그 즉시 내 이용 가치는 사라질 테고, 그 순간 네가 나와 거래를 할 여지도 사라지지 않겠나?"

전생에 뭘 하던 녀석인지는 모르겠지만 만만치 않군.

'게다가 내가 몰랐을 법한 고급 정보라니.'

뭐, 그야 전생의 이성진이 나와 공유하지 않은 것들은 나도 모르지만.

'그런데 저 녀석은 어째서 자신이 그런 걸 안다고 자신하는 걸까.'

심지어 나를 이성진의 친구라고 생각한 주제에.

'……저 녀석의 정체에 대해선 조금 시간을 들여 가며 떠봐야겠군.'

그리고 그런 걸 궁금해하는 이유까지도.

나는 생각하며 침대 모서리에 걸터앉았다.

"……좋아, 그거면 되나?"

"그래, 지금은."

"이거, 나중에 가선 뭘 요구해 올지 두려워지는군."

"뭐, 나중에 옵션으로 이것저것 부탁할 일이 생기기는 하겠지만 너에게 어려운 일은 아닐 거야."

"……."

"그럼, 일단은."

그렇게 말한 크리스는 손에 든 녹음기에서 카세트테이프

를 꺼낸 뒤, 뚝 하고 분질…….

"끄응."

……분질러 내지 못하고 낑낑거렸다.

"줘 봐."

"어."

나는 크리스의 손에서 카세트테이프를 빼앗아 그걸 분질
렀다.

"이러려고 했지?"

"……그래. 선금으로."

"폼 좀 잡아 보려 했나?"

"닥쳐."

크리스는 퉁명스럽게 뱉은 뒤 의자를 뒤로 밀어 내게서 슬
쩍 거리를 벌렸고, 나도 침대 모서리로 돌아가 앉았다.

"어쨌거나 어째서 내 전생의 마지막 기억이 궁금한 거지?"

크리스가 다리를 꼬았다.

"요 며칠 네 뒷조사를 하다 보니 이런 생각이 들더군. '번
거로울 정도로 일을 벌이고 있다'고."

"잘도 조사했군."

"그래. 어렵지는 않았어. 전생이랑 달리 인터넷이 활성화
되어 있더라고."

"흐음, 그래서 오늘 산 컴퓨터에 '인터넷이 될 것'이라는 조
건을 단 거냐?"

"맞아."

크리스는 숨기는 일 없이 당당히 대답했다.

"그때 이런 생각이 들더군. 이놈은 뭐 하러 이런 돈도 되지 않는 일을 하는 건가, 하고."

"……."

그 말이 맞다.

크리스의 말마따나 지금 내가 하고 있는 일이라고 해 봐야 장래 삼광 그룹이 하는 사업에 비하면 아무것도 아닌 것이고, 그런 삼광 그룹 역시 가만히만 있으면 넝쿨째 굴러 들어오게 된다.

'그래도 나름대로 꽤 어엿한 기업으로 성장시켰다는 자부심은 있었는데…….'

막상 들으니 조금 서운하네.

크리스가 말을 이었다.

"그걸 두고 단지 취미 삼아 하는 일이라면 그뿐이지만, 회사까지 가 본 바 그런 것치고는 꽤 진심인 것 같아서 말이지."

"거기에 대해 대답하자면, 맞아. 어느 정도는 진심이야."

"음. 그래서 나는 어느 결론에 도달했다."

크리스는 잠시 뜸을 들인 뒤 말했다.

"네가 이성진으로 있기 위해서라면, 그리고 언젠가 이성진에게 닥친 어떤 불행을 막으려면 지금 포석을 깔아 두어야 하는 거라고."

"……."

"놀랄 거 없어. 전생의 이성진은 자신이 삼광 그룹의 상속
자가 되느냐 마느냐의 기로에 놓여 있었으니까. 그래서 네가
지금 하고 있는 건, 그 승계 구도에 약점을 잡히지 않도록 미
리 능력을 증명하는 중인 거지?"

정답이다.

'물론 100퍼센트라고는 할 수 없지만.'

동시에 나는 크리스가 대답하는 척 나를 떠보는 질문을 던
진 것이라는 걸 눈치챘다.

'이성진에게 닥친 어떤 불행이라, 추상적인 표현을 쓰는
데.'

그녀가 정말로 그 일에 대해 잘 알고 있다면 '이성진의 죽
음'을 언급해야 할 것이다.

하지만 그러지 않은 건 그녀도 전생의 이성진의 결말에 대
해 모른다는 의미일 터.

'전생의 나는 거기서 죽었어. 만일 크리스가 전생에 이성진
에게 닥친 일을 알았다면 이성진을 죽인 것이 나라는 걸 알았
을 테지만, 그녀는 지금 그걸 명확히 하지 않고 있지. 그러면
서 나는 그 이유를 알지도 모른다는 가정을 세워 놓고 있군.'

혹시 떠보는 건가?

하지만 그 이성진을 죽인 것이 나라는 것은 모르는 눈치였
다.

'그렇다면야.'

나는 자세를 고쳐 앉았다.

"맞아."

"……그래?"

"그래. 전생의 이성진은 총에 맞아 죽었다."

내 대답에 크리스가 움찔했다.

'몰랐던 거 같군.'

크리스는 잠시 아무 말 없이 가만히 있다가 입을 뗐다.

"누가? 언제?"

"몰라."

크리스가 나를 노려보았다.

"뭐?"

"아, 언제인가 하는 건 대답할 수 있지."

나는 나와 이성진이 죽은 미래의 날짜를 말했다.

"……그게 누구인가 하는 건?"

"말했잖아, 모른다고."

나는 고개를 저었다.

"내가 지금 이 짓을 하고 있는 건, 이성진을 죽인 게 누군지 모르기 때문이지. 알았다면 네 말마따나 '이런 번거로운 짓'은 하지 않았을 거야."

"……."

크리스는 내 말의 진위 여부를 확인하려는 듯 나를 물끄러미 노려보다가 후, 한숨을 내쉬었다.

"정말인 거 같군."

어떤 의미에서는 말 그대로다.

'나도 내게 이성진 살해를 사주한 인간이 누군지 모르겠거든.'

나는 크리스를 보았다.

"그나저나 이성진에 대해 관심이 많군."

"……나는 어디까지나 네가 왜 이러고 있는 건지를 알아야겠다고 생각해서 그럴 뿐이야."

본심은 그게 아닌 것 같지만, 나는 모른 체했다.

그 부분을 파고들어 봐야 내가 바라는 유형의 대답은 내놓지 않을 테니까.

"그러는 너는?"

크리스가 물었다.

"네가 기억하는 마지막 순간은 뭐였지?"

나는 방금 그 말을 꺼내기 전에 준비한 거짓말을 했다.

"총구. 고개가 뒤로 젖히며 천장을 본 게 마지막이었지."

"……너도 살해당한 거냐? 왜?"

"모르지."

나는 어깨를 으쓱였다.

"너도 나에 대해 좀 아는 눈치니 하는 말인데, 내가 주변에 적이 좀 많았잖냐. 이성진을 죽이고 겸사겸사 죽인 걸지도 모르지."

"……."

크리스는 이번 내 농담엔 닥치란 식의 말조차 던지지 않았
다.

'그녀 나름대로 나를 배려하는 건가?'

나는 이번 기회에 그녀에게 물었다.

"너는?"

"……응?"

"네 마지막 순간은 어땠는데?"

크리스는 잠시 생각하다가 고개를 저었다.

"몰라. 잠이 들었고, 깨어 보니 이 몸과 이 시대에 있었
어."

"병? 아니면……."

크리스가 고개를 저었다.

"모른다. 병은 아닐 거야. 그래도 어쩌면…… 나도 너처럼
총에 맞아 죽었을지도 모르겠군."

크리스가 자신의 머리를 톡톡 두드렸다.

"왠지 그때 일을 떠올리려고 하면 머리가 깨질 것처럼 아
프거든."

"오늘 있었던 것처럼?"

"그래. 혹시 너도 그러냐?"

"아, 으음……. 잘 모르겠는걸."

내 말에 크리스가 인상을 찌푸렸다.

"방금 그건 예스 아니면 노로 가능한 대답일 텐데?"

"굳이 말하면, 깨어난 직후엔 있었어. 하지만 그게 전생의 마지막 순간 때문인지, 아니면."

나는 내 이마의 흉터를 손가락으로 가리켰다.

"그 전에 계단에서 굴러서 다쳤기 때문인지, 나도 잘 모르겠군."

"……그러고 보니까 계단에서 굴렀다고 들었는데, 그게 그때 상처냐?"

조사를 했다더니 별걸 다 알고 있네.

"아마도. 깨어나 보니 이 시대 이성진의 방 천장이었고, 머리에 거즈가 붙어 있었거든."

대답이 되었을까.

크리스는 내 이마의 흉터를 물끄러미 쳐다보다가 팔짱을 꼈다.

"아무튼 됐어. 내 두통의 원인이 이 몸에 다른 병이 있어서 그런 게 아니었다는 가능성이 생겼으면 그걸로 충분해."

쿨하기도 하군.

'마치 남의 일을 말하듯 말이야.'

나는 그녀에게 슬쩍 물었다.

"그래서 전생의 네가 누구였는가 하는 걸 말할 생각은?"

내 말에 크리스가 눈을 가늘게 떴다.

"없어."

크리스가 코웃음을 쳤다.

"불공평하다고 생각하지는 마. 내가 네 전생을 알아낸 건 순전히 내 머릿속 계산의 결과니까. 정 뭣하면 너도 머리를 굴려 보든가."

"내가 알면 도움이 될 수도 있을 텐데? 네 말마따나 거래라고 하지 않았냐."

"……."

"네 전생은 둘째치더라도 최소한 지금 네가 있는 몸의 원래 주인이 누구인가 하는 정도라도 알면 너를 죽인 범인을 찾는 일에도 도움이 될 텐데?"

크리스는 인상을 찌푸렸다.

"떠보기는."

그러던 크리스는 생각을 고쳤는지, 잠시 생각하다가 고개를 저었다.

"그래, 그 정도라면."

넘어왔군.

"대답하자면, 전혀 짐작 가는 바가 없어."

크리스가 자신의 몸을 둘러보며 대답을 이어 갔다.

"애당초 나도 겪어 보며 잘 알게 된 거지만, 이 꼬맹이는 태생부터가 애매하더군. 좀 더 성장해서 이목구비가 갖춰지고 나면 혹시 알게 되려나? 아마 성장해서도 이 이름을 그대로 썼을 것 같지는 않군. 나중에 밀러라는 성씨를 버리고 입양이라도 갔을까."

"모친은?"

나는 가까이 조세화와 그녀의 모친, 외할머니로 이어지는 용모의 유사성을 떠올리며 물었지만.

"몰라, 죽었는지 살았는지……. 어차피 혼혈이어서 모친의 생김새 따위 별로 참고가 안 될 거고."

"그런가. ……그래도 왜 그 몸에서 깨어난 건가 하는 정도도 짐작 가는 게 없냐?"

"애당초 네가 왜 생판 남인 이성진의 몸에서 깨어났는지도 모르는데 내가 뭘 알겠어?"

'어쩌면 내가 죽였으니까?' 하고 짐작 가는 바는 있지만, 애당초 거짓말을 해 버린 나는 대답하지 않았다.

방금 그 대화는 최소한 '내가 어떻게 죽었는가' 하는 것에 관해선 내 쪽이 정보의 우위에 서기에 가능한 함정이었다.

'흠, 혹시 그런 식으로 생각하면…….'

애초에 말이 안 되는 비현실적인 일이니 논리가 적용될 리도 만무하지만, 만약 '죽인 대상으로 환생을 했다'는 가설을 세워 볼 때.

'저놈이 크리스의 원주인을 살해했다거나.'

그런 의미에서 보자면, 지금의 크리스는 내가 경계해야 마땅한 인물일 것이다.

'그렇다면 나처럼 이용을 당했건 아니건 사람을 죽인 전적이 있다는 것일 테니까.'

　하지만 그녀가 크리스의 원주인에 대해 짐작 가는 바가 전혀 없다는 말만큼은 거짓으로 들리지 않았다.

　'그렇다는 건 개인적으로 알지도 못하는 사람을 죽일 수도 있는…… 사람을 죽이는 일이 직업이었을지도 모르겠군. 뭐, 어디까지나 근거가 희박한 가설에 불과하지만 말이지만.'

　경계를 이어 가서 나쁠 건 없으리라.

　'아무튼 총에 맞아 죽는다는 비정상적인 최후를 별것 아닌 듯이 입에 담을 정도니까.'

　크리스가 한숨을 내쉬며 머리칼을 뒤로 쓸어 넘겼다.

　"뭐, 좋아. 그러면 어쨌건 네가 왜 이런 생고생을 하는가 하는 내 의문점 하나는 해소되었군. 최소한 네가 삼광 그룹 후계자라는 위치를 공고히 하려는 노력 중이라는 알 것 같다."

　크리스가 말을 이었다.

　"그래서 성과는 있었나?"

　"……알 수 없지."

　나는 어깨를 으쓱였다.

　"나름대로 한다고 하고는 있지만 전생의 이성진을 살해한 범인이 누군지 모르는 이상, 지금 하는 것도 헛고생으로 끝날지도 모르고."

　크리스가 피식 웃었다.

"꽤 현실적인걸."

"네가 전생의 나를 잘 안다면 그런 새삼스러운 말은 하지 않을 텐데."

"……이제는 그렇게 확신할 수 있을 정도로 전생의 너를 잘 아는 것 같지는 않군."

크리스는 어째 자조적인 웃음을 지었다.

"그래도 후보군 정도는 추렸겠지."

"네 생각을 먼저 듣고 싶은데."

내 말에 크리스가 눈썹을 씰룩였다.

"내 생각?"

"그래. 너도 아까 말하길, 너는 전생의 내가 알지 못하는 고급 정보를 가지고 있다고 했잖아? 그 일각이라도 좋으니 한번 들어 보고 싶은데."

"방금 도청기는 선금으로 부족했나?"

"그래."

크리스가 한숨을 내쉬었다.

"……뭐, 좋아. 서비스다. 일단 네가 지금처럼 삼광 그룹 후계자라는 위치를 공고히 함으로서 암살을 예방하는 경우를 따져 보지."

크리스가 말을 이었다.

"보아하니 너는 이희진을 그 후보에 넣고 있는 모양이더군. 그 노력이 성과를 보였는지 이희진이 너를 아주 잘 따르던데. 내 말이 틀렸나?"

"그래."

나는 고개를 끄덕였다.

"이희진이야말로 이성진의 죽음으로 가장 큰 이득을 볼 인물이니까."

이어서 나는 크리스에게 이죽거렸다.

"하지만 그 정도 삼척동자도 알 내용을 두고 고급 정보 운운하기엔……."

"끊지 말고 들어."

크리스는 한 차례 신경질을 냈다.

물어보아서 대답한 건데 신경질이라니, 조금 억울하군.

크리스가 잠시 뜸을 들인 뒤 말을 이었다.

"내 말은, 그런 문제를 들어 이희진을 후보에 넣었다면, 거기에 의미는 없다는 거다."

"꽤 확신하는걸."

"그런 셈이지. 왜냐면 이희진은……."

크리스는 잠시 뜸을 들였다가 말을 이었다.

"……애당초 이희진은 그런 이성진의 제안을 거절한 전적이 있으니까."

"뭐?"

나는 나도 모르게 몸을 앞으로 기울였다.

"그게 무슨 소리냐?"

이성진이 삼광 그룹 후계자라는 자신의 지위를 이희진에게 양보하려고 했고, 이희진은 그런 이성진의 제안을 거절했다고?

크리스가 담담히 대답했다.

"말 그대로다. 한때 이성진은 이희진에게 그런 제안을 한 적이 있었다. 이희진은 거절했고, 결국 그건 없던 일이 됐지."

"……."

생각해 보면, 전생의 이성진과 이희진 사이는 다툼도 잦았고 공식적인 자리가 아니면 서로 얼굴도 안 보는 관계였던데다가 신화호텔 및 그 산하기업의 경영권을 두고서 다툰 적은 있지만, 정작 이희진도 삼광전자 쪽의 인사 문제를 입에 담은 적은 없었던 것 같다.

'나도 둘 사이를 오가며 잔심부름을 해 온 처지이니 꽤 잘 안다고 자부했는데도…….'

설마하니 물 밑에선 그런 논의를 주고받았다는 것은 나조차 금시초문이었다.

'그럼 크리스는 그걸 어떻게 아는 거지?'

나는 가만히 크리스를 노려보았다.

"너는 그걸 어떻게 알고 있는 거냐?"

크리스가 입매를 비틀었다.

"흥, 내가 그걸 말할 거 같아?"

나는 저 얄미운 얼굴을 한 방 먹여 주고 싶은 생각을 꾹 눌러 참았다.

"……그래서는 네 주장에 신뢰가 실리지 않는데?"

어차피 말뿐이고.

"그러면 믿지 말든가. 나는 어디까지나 네가 괜한 일에 에너지를 쏟지 말라는 의미에서 하는 말이니까. 아니면…… 지금 이희진과 친하게 지내는 그런 정도로 네 장래의 죽음을 막을 수 있다고 생각한다면, 나도 그러려니 하겠어."

"……."

어쨌건 당사자는 나라는 거지.

크리스가 씩 웃으며 말을 이었다.

"또 모르지. 이번 생에 전에 없던 동생이 늘어서. 그 녀석들이라면 장래 너를 죽이려 들지도?"

"……이번 생에 부모님의 금슬이 좋은 건 내 탓이 아니다만."

"알아."

크리스가 어깨를 으쓱였다.

"아무튼, 전생에도 이희진과 이성진의 사이가 결코 좋다고는 못하겠지만 네가 그런 이유로 이희진의 눈치를 보고 있는 거라면, 허튼 일에 에너지를 쏟을 필요는 없다는 거다."

"……."

"자, 어때. 이 정도면 서비스치고 꽤 파격적이지?"

크리스의 말이 옳다고 가정한다면, 크리스는 나조차 모르는 '고급 정보'를 알고 있는 셈이기는 했지만.

나는 고개를 저었다.

"아니. 아까도 말했듯 그건 내가 믿을 근거도 없고, 믿거나 말거나인 이야기에 불과해."

왠지 크리스의 말에서 거짓은 느껴지지 않았지만, 나는 일부러 그런 식으로 말했다.

크리스는 잠시 나를 노려보다가 어깨를 으쓱였다.

"뭐, 됐어. 나도 '아까 말했듯' 네가 믿거나 말거나 상관하지 않을 테니까."

안 넘어오네.

하지만 조금이라도 말문이 트인 지금이라면, 몇 가지 더 추가 정보를 얻어 낼 수 있을지 모른다.

"이진영은?"

"이진영?"

크리스가 눈썹을 씰룩였다.

"아, 그래. 네가 생각하는 후보 중엔 이진영도 있겠군."

크리스도 내친김에, 무심결에 말하는 게 아닌 일부러 속아 넘어가 주는 눈치이긴 했으나, 그럼에도 그녀는 떨떠름해하는 얼굴로 말을 이었다.

"이진영은……. 조금 경계할 필요가 있지."

"그래?"

역시, 하고 말을 이으려던 찰나 크리스가 먼저 말했다.

"뭐, 그렇다고 놈이 이성진을 죽였을 거라는 생각은 들지 않지만."

"근거는?"

"……오히려."

크리스는 내 질문을 무시하고 대답을 이어 갔다.

"이진영보다는 그 부친이자 지금 네 당숙인 이태환이 더 골칫덩이야. 그 양반은 아주 야망이 득시글한 사람이거든."

그녀도 방금 전 이희진을 경계할 필요가 없다는 말을 한 건 서비스로 부족했단 걸 자각하는지, 꽤나(동시에 믿거나 말거나 인) 파격적인 서비스를 이어 갔다.

다만.

"그래? 좋은 사람 같던데."

내가 일부러 그런 말을 했더니 크리스는 한 차례 인상을 찌푸렸다가 입매를 비틀었다.

"호오, 그래, 그런 식으로 나를 도발해서 정보를 캐내 볼 심산인가?"

"들켰네."

"일부러 넘어가 줬더니…… 어쭙잖게 대가리 굴리지 마. 게다가……."

크리스는 잠시 생각하다가 내게 물었다.

"하나 묻지. 알아보니 삼광건설이 삼광물산과 통합이 되었던데, 네가 한 일이냐?"

나는 대답을 해 줄까, 하다가 불필요한 기 싸움을 해 봐야 시간 낭비고 인터넷으로 조금만 알아보면 나올 일이라고 생각해 대답해 주었다.

"어느 정도는."

"어떻게?"

"한국에 온 지 며칠 되었으니, 너도 성수대교가 멀쩡하다는 것쯤은 알고 있지?"

크리스가 고개를 끄덕였다.

"아, 그래. 무너졌던 일 없이 멀쩡하더군."

그 말에 나는 문득 끼친, 뭐랄까, 전생에 대해 아는 사람끼리 느끼는 묘한 동질감을 애써 뿌리쳤다.

"음, 몇 년 전에 그 문제를 공론화시켜서 동화건설의 분당 개발 수주를 막았거든."

크리스가 자못 흥미롭다는 듯 몸을 앞으로 기울였다.

"언론에 힘을 썼나?"

"그 정도로 거창한 것도 아니야. 알아보니 그 왜, 미국에서 너를 발굴한……."

"채한열 말인가?"

"그래. 학교에 아는 사람 중에 채한열 씨 딸이 있어서, 그걸 통했지. 마침 성수대교 부실시공 건은 이미 언론에 공론화될 뻔한 걸 동화건설이 틀어막고 있더군."

크리스가 고개를 끄덕였다.

"아하, 그래서 채한열이 미국에 있었던 건가……."

나는 그녀의 중얼거림을 들으며, 그녀가 채한열에 대해 '잘 아는' 것이 못내 마음에 걸렸지만 모른 척 그 말을 받았다.

"아무리 우리가 뒤를 봐 주었다지만 이래저래 이해관계가 얽혀서, 잠시 쉬고 오란 의미지. 뭐, 전생과 달리 가정 붕괴까지 이어지지도 않았고."

"그건 알겠어."

크리스가 말을 이었다.

"즉, 어쨌거나 그 바람에 정부는 동화건설의 분당 개발 수주를 나가리시키고 이를 삼광건설이 이어 받았다는 거지? 제법이군."

"칭찬이냐?"

"아니. 그것 때문에 이태환의 힘이 강해졌다면 오히려 마이너스지. 할아……. 아니 회장님이 그 인수를 승인하신 것도 그런 이유에서일 거고."

나는 고개를 저었다.

"그건 조금 달라."

"무슨 소리냐?"

"뭐, 전생과 상황이 달라진 거기는 한데……. 이태환이 삼광물산을 인수한 건 사실상 할아버지의 암묵적인 승인이 있어서였거든."

크리스가 계속해 보란 듯 나를 물끄러미 보아서, 나는 대답을 이어 갔다.

"이제는 하지 않지만, 할아버지는 매년 생신 때마다 호텔에 사람들을 모아서 축하연을 하셨잖아?"

"그랬지."

"그때…… 할아버지께서는 당신의 형님이자 당숙 어른들의 아버지인 이휘찬이 실은 독립유공자였다는 걸 공개하셨거든."

"뭐?"

크리스가 눈을 동그랗게 떴다.

그녀도 그런 일까지는 몰랐던 모양이다.

하긴, 이휘철도 전생에는 이런 말을 한 적이 없으니까.

"아무튼 그렇게 되다 보니 당숙 어르신들에게 자리의 명분과 정당성이 생겼고, 그 결과 오늘날 지금 상황에 이르렀던 거지. 그러니 이태환이 전생보다 일찍 삼광물산을 인수할 수 있었던 건 딱히 내가 원인은 아니야."

"……흠."

크리스는 생각에 잠긴 얼굴로 의자 팔걸이를 톡, 톡, 손가락 끝으로 두드렸다.

"어째서?"

나는 크리스의 혼잣말인지 질문인지 모를 말에 고개를 들어 그녀를 보았다.

"뭐가?"

"전생과 상황이 달라졌어. 그 변수란 너일 테고⋯⋯. 대체 무슨 짓을 하고 돌아다닌 거냐?"

나는 어깨를 으쓱였다.

"전교 1등을 밥 먹듯 하고 있는 거 말고는 딱히?"

"시치미 떼지 마. 너는⋯⋯."

크리스는 거기까지 말하다가 입을 꾹 다물고는 한숨을 내쉬었다.

"⋯⋯뭐 됐어. 말하지 않아도 돼. 그 이유는 나도 알 것 같으니까."

크리스의 그 말에는 체념과 자조가 섞여 있는 느낌이었다.

'뭔가⋯⋯.'

아직 느낌에 불과하지만.

'⋯⋯지금은 저 녀석의 전생을 알 것 같은 기분이 드는군.'

크리스가 입을 뗐다.

"뭐, 됐으니 이만 나가 봐."

"응?"

"이 몸이 되고 나니까 금방 피로해져. 나머지 이야기는 다음에 하자고. 그러니까⋯⋯."

아니 나도 그 문제는 겪어 본 바 공감하고 있지만.

"여긴 내 방인데?"

크리스는 뭔 소리를 하는 거냐는 식으로 나를 보았다가 아차 하며 중얼거렸다.

"……아, 그랬지."

크리스는 자리에서 일어서서 비척비척 방문으로 발걸음을 옮겼다.

"아, 그래."

크리스가 몸을 돌려 나를 보았다.

"내 처우는 어떻게 되냐?"

"그건……."

나는 잠시 생각하다가 대답했다.

"일단 내일 병원부터 다녀온 뒤에 논의해 보지."

크리스를 어떻게 할 것인가 하는 건 나도 지금 1층에서 이휘철과 백하윤의 논의가 끝난 뒤에야 알 수 있는 일이고.

"……그래. 잘 자라."

"너도."

내 방을 나간 뒤 크리스가 달칵, 방문을 닫았다.

나는 크리스를 내보낸 뒤, 의자에 앉아 방금 전 크리스가 생각에 잠겨 손가락 끝을 두드린 곳을 손바닥으로 더듬었다.

생각에 잠겼을 때 손가락으로 어딘가를 두드리곤 하는 건, 이 집안 혈통들의 몸에 밴 습관이었다.

그래서 나는 크리스가 사실 내가 전생부터 잘 알던 사람은 아닐까, 생각하며 생각에 잠겼다.

'……만약 그런 거라면.'

나는 크리스를 어떻게 해야 좋을까.

그러며 나는 크리스가 했던 말을 떠올렸다.

「……애당초 이희진은 그런 이성진의 제안을 거절한 전적이 있으니까.」

그 말이 사실이라면, 그건 당사자인 이성진이나 이희진이 아니고서는 알 수 없는 내용일 것이다.

'그래도 어쨌거나 당장…… 쓸모가 있는 건 분명해 보이는군.'

어떤 의미에서는 '전생에 이성진을 죽인' 공적을 둔 사이이기도 할 테고 말이다.

다음 날 아침, 나와 한성진은 강이찬이 회사로 가는 겸, 겸사겸사 그가 모는 차를 타고 등교하기로 했다.

"형, 안녕하세요."

차고에서 대기 중이던 강이찬은 한성진의 인사를 눈짓으로 받은 뒤 내게 인사했다.

"좋은 아침입니다, 사장님."

"네, 좋은 아침입니다. 어제는 잘 주무셨어요?"

"예."

강이찬은 어젯밤 우리 집에 들어와 그대로 직원들이 기거하는 별채에서 하룻밤을 묵었는데, 그들과 아침을 먹은 한성진이 내게 귀띔하기를 한익태 씨가 잘 챙겨 주었다는 듯하다.

'뭐…… 그분이야 원체 사람이 좋으니.'

게다가 한익태 씨는 당신이 하는 일에 자부심이 가득한 분이니, 아마 강이찬을 향한 호감에는 같은 운전기사로서 동질감도 한몫했으리라.

나는 강이찬이 열어 준 뒷좌석에 올라탔고, 한성진은 자연스럽게 조수석에 앉았다.

"그나저나 차 타고 등교하는 건 되게 오랜만이네."

한성진이 고개를 돌려 내게 씩 웃어 보인 뒤 운전석에 탄 강이찬을 보았다.

"이 집에 처음 왔을 때, 아버지가 사장님 차로 바래다주셨거든요."

"그랬군."

"그때는 성아도 있었지만요."

강이찬이 물었다.

"그러고 보니 성아는?"

"아, 성아는 주번이어서 일찍 갔거든요."

한성진은 뒤이어 내게 키득거리며 말했다.

"그런데 우리, 차 타고 가다가 성아 보는 거 아니야?"

"그러면 재미는 있겠네."

한성진은 나름대로 배려심을 발휘하기라도 하는 건지, 어젯밤 있었던 일을 일부러 언급하지 않기 위해 일부러 평소보다 밝은 티를 냈다.

"혹시 크리스를 걱정하는 거라면 걱정할 거 없어."

"응?"

"그 뒤로 어제 잠시 이야기를 나눠 봤는데, 꽤 쌩쌩했거든."

"아."

한성진이 고개를 끄덕였다.

"어젯밤에 네 방에서 인기척이 들리더니, 크리스였구나."

전생의 내가 기거했고, 한성진과 한성아가 지내는 다락방에서는 내 방에서 들리는 사소한 인기척 정도는 어렴풋이 들렸다.

역으로 다락방의 발 굴림 소리 역시 내 방에서 들렸으므로, 전생의 나는 이성진에게 그걸 지적받은 뒤부터 발걸음 소리를 죽이며 지냈다.

'그래서 한동안 사생활이랄 게 없는 유년기를 보냈지.'

지금의 나야 다락방 소리가 한성진 남매의 존재감을 확인시켜 주어서 아련한 기분마저 들지만, 이제 와 새삼 생각해 보면, 전생의 이성진이 내게 적대적이었던 건 그런 층간 소음의 영향도 없지는 않았을 것 같다.

"그런데 무슨 일로?"

"크리스의 향후 거취에 대해서. 뭐, 그마저도 아직 확정된 건 아니지만."

내가 대강 얼버무리자 한성진이 턱을 긁적였다.

"음, 그러면 크리스도 우리 집에서 지내게 되는 건가?"

"응?"

"그게 말이야. 지금은 백하윤 선생님 댁에서 지내고 있지만……."

그러며 한성진은 어제 백하윤 집에 컴퓨터를 설치하러 갔을 때 이야기를 내게 전했다.

한성진이 전달한 그 동네는 어느 정도 고령자들 위주의 타운이 형성되어 있는 데다가 인구 밀도가 낮아, 크리스가 인근의 가장 가까운 초등학교로 가려면 20분 이상은 걸어가야 한다고 했다.

"심지어 횡단보도를 세 개나 지나가야 하더라고."

"흠."

새삼스러운 이야기에 나는 고개를 끄덕였다.

'그런 점은 왠지 백하윤도 간과하고 있었을 것 같군.'

차를 몰게 되면서부터는 그 관점이 보행자에서 운전자로 옮겨가게 되고, 백하윤도 회사로 출퇴근을 하는 입장에 초등학교가 있는 방향은 여간해선 가 본 적 없을 테니까.

'게다가 백하윤은 크리스를 해외로 유학 보내려 생각하고 있었고.'

아마 크리스가 대한민국에서 학창 시절을 보내는 건 백하윤의 고려 대상이 아니었으리라.

'그리고 지금은 그런 것도 한번 고려해 봄직한 상황이 됐지.'

정작 크리스의 생각은 어떨지 모르지만.

한성진이 내게 의견을 구하듯 말을 이었다.

"그렇다고 선생님이 이사를 가실 수는 없고……. 그래서 생각한 건데, 어차피 우리는 졸업하고 분당에 가기로 했잖아? 그러니까 그 빈방을 크리스가 쓰는 건 어떨까 해서."

"……."

나도 다른 때 같으면 괜찮은 생각이라며 맞장구를 쳐 주었겠지만.

'이번만큼은 녀석을 칭찬해 주기가 힘들군.'

물론 크리스가 저 저택에서 지내는 것 자체는 문제 될 것이 없다.

사모며 이휘철도 크리스를 썩 마음에 들어 하는 눈치인데다, 우리가 집을 나가더라도 한성아는 초등학교를 거기서 보내기로 했으니 크리스 혼자서 쓸쓸히 지낼 걱정도 덜 수 있을 것이다.

'하지만 문제는 그게 크리스라는 점이지.'

만일 크리스가 평범한(?) 바이올린 신동에 불과했다면 나도 한성진의 의견에 동조해 가족들을 설득했겠지만, 크리스는 나와 마찬가지로 전생자였다.

'그것도 삼광그룹에 대해 꽤나 상세히 알고 있는…… 어쩌

면 나보다 더.'

게다가 나는 지금 크리스가 혹시 이성진 일가의 관계자는 아닐까, 의심하는 중이다.

그렇다고 '그런 크리스를 집에 들였다가 자칫하면 내 지위를 모조리 빼앗기는 건 아닐까?' 기우는 없다.

어쨌건 내게는 이휘철의 장손이자 이태석의 장남인 명분과 SJ컴퍼니며 여러 가지 특허를 비롯한 각종 실적까지 있으니 별다른 일이 일어나지 않는다면 내가 삼광 그룹을 물려받는 건 말 그대로 시간문제일 뿐이다.

'그래, 어디까지나 별다른 일이 일어나지 않는다면 말이지만.'

적은 가까이 두랬다고, 오히려 크리스를 손 닿는 범주에 두면 그녀에 대한 감시도 겸할 수 있을지 모른다.

'그런데 정작 아무리 봐도 크리스의 꿍꿍이속을 모르겠단 말이야.'

차라리 나를 통해 부귀영화를 누리겠다고 한다면 그렇게 해 주면 그만이지만, 그녀가 내게 전생자임을 밝히는 리스크를 감수해 가며 내게 접근했다는 건, 크리스 나름대로 어떤 리턴을 노리고 있기 때문일 텐데.

'결국 어젯밤 이휘철과 백하윤 사이의 회담이 어떻게 진행되었는지를 알기 전까진 지켜봐야 하나.'

한편 내 침묵이 길었던 것 때문인지 한성진은 괜히 어색해하는 얼굴을 했고, 그 간극을 강이찬이 대신 나서 메꿔 주었다.

"어제 다른 고용인들에게 들었다만, 크리스에게 무슨 문제가 있었나?"

"아, 네."

한성진이 대답했다.

"실은 크리스가 저녁을 먹던 도중에 두통을 겪더니 그대로 기절했거든요."

"……저런."

어제 한성진과 함께 크리스와 동행한 강이찬은 걱정 어린 얼굴로 눈살을 찌푸렸다.

"큰일이었겠군."

"네. 그래서 급하게 주치의 선생님을 불렀어요. 따로 들으니까 눈에 띄는 문제는 없다고 하셨지만…… 그래서 크리스는 오늘 오전에 삼광병원에서 정밀 검사를 받을 예정이에요."

"별탈이 없으면 좋겠는데."

"저도요."

대화는 거기서 끝났지만 기분 탓일까, 왠지 강이찬의 태도가 휴가 전보다 더 부드러워진 것 같다.

'원수를 갚고 안기부에서 벗어나서 그런 건가?'

다만 그러는 강이찬은 곧 무언가 생각에 잠긴 얼굴이 되었는데, 그가 무슨 생각을 하고 있는지는 나도 모르겠다.

도보로도 별로 먼 거리가 아니어서 우리는 금방 학교에 도착했다.

학교는 부촌에 자리 잡고 있어서 그런지 고급 차량으로 등교하는 학생도 적잖이 있어서 굳이 우리가 위화감을 조성하는 일도 없었고, 경비원은 이 차를 알아보고 먼저 주차장 문을 열어 주기까지 했다.

"감사합니다, 형."

"음."

강이찬은 적당한 곳에 차를 세운 뒤 고개를 돌려 나를 보았다.

"사장님, 드릴 말씀이 있습니다만 잠시 시간 좀 내주실 수 있겠습니까?"

나는 고개를 끄덕였다.

"그러죠."

한성진이 눈치껏 끼어들었다.

"그러면 나 먼저 교실로 가 볼게."

한성진을 보낸 뒤, 나는 강이찬을 보았다.

"하실 말씀이라는 건요?"

"예, 짧게 말씀드리겠습니다."

나는 그에게 보란 듯 손목시계를 힐끗 쳐다본 뒤 대답했다.

"천천히 하셔도 괜찮아요."

"감사합니다."

강이찬이 말을 이었다.

"다름이 아니라 휴가 중에 있었던 일에 추가적으로 보고드릴 게 있어서입니다."

그 정중한 말씨에서 나는 괜한 불안감을 느꼈다.

'설마 퇴사를 하려는 건 아니겠지?'

내가 너한테 들인 공이 얼만데.

나는 만일 강이찬이 퇴사를 염두에 두고서 지금 말을 꺼낸 것이라면 그를 설득할지 협박할지 고민하며 그 말을 받았다.

"아직 제가 모르는 것이 있나요?"

"예. 다소 개인적인 일이어서 사장님께 이 일을 보고드려야 할지 고민했습니다만."

강이찬이 말을 이었다.

"실은 제 동생을 찾았습니다."

"동생이라면……."

"예, 저번에 말씀드린 그 애입니다. 아, 이제는 애라고 할 수도 없겠군요. 결혼해서 아이까지 둔 엄마가 되었으니 말입니다."

나는 강이찬의 말에 활짝 웃었다.

"잘됐네요!"

나는 진심을 담아 축하했다.

강이찬은 내 축하에 그답지 않게 수줍게 웃었다.

"감사합니다."

"그런데 어떻게 된 일인가요? 광남파에서 정보를 찾으셨어요?"

"아닙니다. 실은 그게 어떻게 된 일이냐면……."

그러며 강이찬은 부산에서 있었던 일을 간추려 내게 전했다.

'거참, 세상일이라는 거 알 수 없네.'

나는 강이찬의 말을 기쁜 마음으로 경청하며 고개를 끄덕였다.

'잘됐군, 잘됐어.'

내가 강이찬의 동생이 살아 있고, 심지어 무사하다는 소식에 기뻐한 것은 비단 갖은 고생을 해 온 지인이 되찾은 행복에 대한 기쁨 때문만은 아니었다.

'사람이란 책임지고 메일 곳이 있으면 고분고분해지는 법이거든.'

여느 회사에서 직원들에게 주택 대출을 해 주는 것은 그들이 직원 복지 차원에서 하는 것만은 아니다.

회사란 결국 이익 추구 집단, 만일 직원이 회사에 그런 식의 '빚'을 지고 있다면 그 직원의 이직을 방지할 수 있을 뿐만 아니라 회사에 (마지못해 그러더라도)충성하는 인재를 하나 챙기는 것이니.

'그러잖아도 내게는 강이찬이 내 곁을 떠나더라도 붙잡을

명분이 부족했는데.'

더군다나 강이찬은 단순한 직원이 아닌, 내 안전을 책임질
인물이다.

전생의 이성진도 그 중요도를 알아서 경호실장을 잘 챙겨
주었다지만, 정작 그가 신뢰하던 경호실장이 최후의 순간 '의
도적으로' 자리를 비우고 내 접근을 허락한 것에서 나는 한
가지 교훈을 얻었다.

'결국 내 생명과 직결되는 가장 중요한 인물의 마음은 돈으
로 살 수 없다는 것이지.'

나는 강이찬의 이야기가 끝나길 기다렸다가 그에게 말했
다.

"그러면 지금 당장이라도 동생분을 서울로 모시고 오세
요."

"예? 하지만……."

"혹시 집이 필요하다면 회사에서 얼마든지 대출을 해 드리
죠."

직원 대출이야 나도 충분히 고려하던 복지 사항이고.

"또, 그쪽에 별다른 예정이 없다면 제 쪽에서 매제분의 일
자리도 알아봐 드리겠습니다."

심지어 이제 강이찬의 매제라는 그 광남파 끄나풀도 광
남파라는 발붙일 곳을 잃은 이상, 내 제안을 거절하지 못하
리라.

"아닙니다. 사장님이 해 주신 제안은 무척 감사합니다 만……."

강이찬이 저어하며 대답했다.

"실은 아직 제 동생에게 제 소식을 알리지도 않았습니다."

"왜요?"

"그게……."

강이찬은 한참을 망설이다가 힘겹게 입을 뗐다.

"저는 그 애를 볼 면목이 없습니다."

"면목이 없다니요?"

강이찬이 얼굴에서 웃음기를 싹 지웠다.

"저는 이미 손을 더럽혔습니다."

"……."

"그래서…… 어차피 지금도 행복한 것 같으니 이대로 그 애의 인생에서 저를 지우고 지금처럼 살아가면, 그것도 나쁘지 않을 것 같아서요."

거참, 그렇게 안 봤는데 강이찬은 의외로 센티멘탈하군.

PTSD 상담 같은 건 내 전문이 아니지만, 그렇다고 아무런 말도 하지 않을 수는 없었던 나는 강이찬에게 조심스럽게 물었다.

"강이찬 씨는 혹시 그 일을 후회하고 있습니까?"

강이찬은 잠시 생각하다가 고개를 저었다.

"그렇지는 않습니다. 그를 죽이지 않았다면 저는 이 자리에 없을 테니까요.”

심지어 저항하지 않는 상대를 죽인 것도 아닌 모양이다.

“그렇다면 정당방위가 아닙니까?”

“……그렇게 생각하면 궤변이라고 봅니다. 애당초 저희 쪽에서 광남파에 쳐들어가지 않았더라면 생기지 않을 일이었으니까요.”

그건 그렇지만.

“만일 강이찬 씨가 그 자리에 없었다면 그 사람은 살았을까요?”

강이찬은 몸을 돌린 채 내 얼굴을 물끄러미 보다가 고개를 돌렸다.

“모르겠습니다. 그는 총을 가지고 있었고…… 순순히 항복했을 것 같지는 않습니다.”

흠, 그나저나 총을 가진 상대를 제압했다니 특수부대 출신이라는 건 허명이 아닌 모양이다.

나 원, 가까이 사람을 죽이고도 아무렇지 않은 김철수 같은 인간도 있는 마당에.

‘어쩌면 김철수가 순순히 강이찬을 놓아준 건 그의 이런 천성을 알아보아서는 아닐까.’

다만 그렇다고는 하나, 내 눈에는 왠지 강이찬이 그 일에 죄책감을 느끼고 있는 것처럼은 보이지 않았다.

‘억지로 자기 회피를 위한 논리를 자아내는 느낌이군.’

전생의 나는 이런저런 일로 사람을 죽이고 만 사람들을 적잖이 만나 볼 기회가 있었다.

개중에는 살인을 즐기는 미친놈도 있었고, 상대가 나빴다는 합리화를 하는 인물도 있었지만, 그 일에서 벗어나지 못해 악몽에 시달리는 사람도 있었다.

'내 경우, 이성진을 살해했을 당시 별다른 감흥을 느끼지 않았지만.'

한편 강이찬은 죽어 마땅한 놈을 죽였다는 감각에서 모종의 합리화를 시도하고 있었는데, 나는 여기서 그가 자기 징벌적 태도로 일관하려는 흔적을 읽어 냈다.

간단히 예를 들면 다이어트를 하는 사람이 잠깐의 유혹을 이기지 못하고 폭식을 한 다음 날, 가혹한 운동을 하는 것에 빗댈 수 있을까.

'일의 경중은 차원이 다르지만 아무튼 간에.'

강이찬의 경우는 살인에 따른 자기 징벌적 태도가 '동생과 연락을 끊고 사는 것'이리라.

마인드 컨트롤에 능한 어떤 녀석은 이런 상황에 처한 사람을 상대로 그 죄책감을 부채질해 살인 기계로 만드는 경우도 있다지만.

'그렇게 할 자신도 없고, 강이찬을 상대로는 그러고 싶은 마음도 없어.'

그 경우, 가스라이팅을 당한 살인자는 십중팔구 폐인이 된다.

또다시 다이어트로 예를 들자면, 그 잠깐의 일탈 뒤 가혹한 운동으로 자기 징벌적 죄책감을 덜고자 하는 이에게 '뚱뚱하면 뭐 어때, 상관 있어?' 하는 식의 유혹을 속삭여 종국엔 그가 당뇨와 고지혈증으로 건강을 해치게 하는 것과 비슷할까.

강이찬은 악바리 근성과 고집이 강해 자신과 타협하지 않는 인물이긴 하지만 어쨌건 근본은 선량한 인물이니, 설령 내가 그를 세뇌해 살인 기계로 만들어 낸다 한들 '여자와 애는 해치지 않는다'는 자신만의 원칙을 수립하게 될 것이다.

그러니 그를 어떻게 구워삶든 간에 내가 현재 죽일지 말지 고민하는 크리스(여자이면서 애)의 살인을 청부하더라도 강이찬은 따르지 않으리라.

'그렇다면 여기서 살인에 대한 개똥철학을 늘어놓는 건 의미가 없겠지.'

뭐, 어차피 그는 내 방패가 되어 줘야 할 인물, 강이찬을 해결사로 만들 생각은 없다.

'그러면 극약 처방을 해 볼까.'

그래도 일단 나는 마지못해 그러는 것처럼 고개를 끄덕였다.

"알겠습니다. 강이찬 씨 생각이 그렇다면 어쩔 수 없죠."

"……이해해 주셔서 감사합니다."

"하지만 제게 이 이야기를 꺼낸 건, 제가 동생분께 도움을 드릴 수 있는 게 있기 때문이겠죠?"

강이찬은 면목이 없다는 듯 고개를 숙였다.

"예. 이미 사장님께 갚기 힘든 은혜를 입었지만…… 염치 불고하고 부탁을 드리고 싶습니다."

"좋습니다. 말씀하세요."

"예. 가능하면 제…… 매제의 안전을 보장해 주실 수 있겠습니까."

강이찬은 '매제'를 언급하며 저도 모르게 인상을 찌푸렸는데, 강이찬은 내게 그런 부탁을 하면서도 못내 그 매제의 존재는 마음에 들지 않는 모양이었다.

"지금 매제분의 상황이 어떤데요?"

"그게."

강이찬은 그가 지금 안기부와 엮여 비밀 작전을 수행 중이라고 말했다.

'매제가 마음에 들지 않는 건 차치하고, 어쨌건 동생의 행복을 위해서는 그가 있어 줘야 한다는 거군.'

동생을 아끼는 생각이 각별했다.

뭐, 나라도 한성아가 같은 상황이면 비슷한 결정을 했겠지만.

"알겠습니다. 김철수 씨에게 연락을 넣어 보죠."

"감사합니다, 사장님. 이 은혜는 결코 잊지 않겠습니다."

아까 전부터 '은혜'를 입에 담는 것으로 보아, 한동안 그가 내 곁을 떠나갈 걱정은 하지 않아도 될 것 같다.

'그렇긴 해도 여전히 크리스를 죽여 달라는 내 부탁은 거절할 거 같긴 하지만.'

나는 고개를 끄덕인 뒤, 손목 시계를 힐끔 쳐다보곤 차에서 내렸다.

"그러면 수업을 마친 뒤에 보죠."

"예, 그때 뵙겠습니다."

나는 강이찬을 뒤로하고 교실로 향했다.

수업을 마치고, 나는 강이찬이 운전하는 차에 올라타 회사로 향했다.

한편 강이찬은 등교 때 내게 한 말을 없었던 일로 치부하는 것처럼 평소처럼 정중하고 과묵하게 나를 대했다.

아마 그 문제는 나를 믿고 맡긴다는 것일 터이다.

'그나저나 강이찬이 운전하는 차에 올라타 회사로 향하는 것만으로도 일상으로 돌아온 기분이군.'

그렇다고 마냥 온전한 일상을 되찾았다고 하기에는 여러 산적한 문제가 많았지만.

'최소한 기분이라도 그런 거라면 충분해.'

그렇게 회사로 도착해 사장실 로비로 향했더니 윤선희가

프런트에서 나를 반겼다.

"사장님, 어서 오세요."

"네, 안녕하세요."

오늘 프런트 담당은 윤선희인 모양이군.

'전예은에게 어제 일과 관련해서 몇 가지 물어보고 싶었는데.'

생각하는 사이, 윤선희가 빙그레 웃으며 말했다.

"예은 씨는 지금 커피를 타는 중이어서요."

"……아, 그렇군요."

내 생각을 읽어 내다니, 설마 윤선희도 모종의 초능력에 각성한 건가?

아니 그게 아니라.

"그런데 커피라니, 손님이 오셨습니까?"

"네. 어머님께서 비밀로 해 달라고 하셔서 연락을 못 드렸습니다. 죄송합니다."

전혀 미안하지 않다는 투였다.

'사모가 그랬다면 어쩔 수 없군.'

사모는 이런 식의 장난을 좋아하니까.

'그나저나 사모가 회사에 방문했다니, 무슨 일이지?'

장난치기를 좋아하는 사모이긴 하나, 그래도 나름 공과 사의 구분은 뚜렷하게 짓는 인물이어서 그녀는 우리 회사로 방문할 때도 되도록 회사 내부보다는 로비의 접객실을 선호하는 편이었는데.

'그렇다는 건 공적인 방문이겠군.'

짐작 가는 바는 있다.

'어제 이휘철과 백하윤이 나눈 회담의 연장선이자 그 결과인가.'

나는 고개를 끄덕였다.

"알겠습니다. 그러면 사장실로 가 볼게요."

"예, 사장님."

사장실로 들어가니 아니나 다를까, 사모가 손을 흔들며 나를 반겼다.

"성진이 왔니?"

"……네, 안녕하세요, 어머니."

거기에 사모만 있는 건 아니었다.

맞은편에서는 전예은이 얼른 자리에서 일어나 내게 꾸벅 묵례를 했고, 사모의 옆에는 크리스가 빠짝 붙어 앉아 떨떠름한 얼굴로 나를 쳐다보았다.

'구도가 딱 룸살롱 도우미 아가씨를 낀 거래처 사장님이군.'

사모가 룸살롱을 가 봤을 리는 없지만.

나는 눈짓으로 전예은의 인사를 받은 뒤, 상석이 아닌 그녀가 비킨 자리에 앉았다.

"오늘은 어쩐 일이세요?"

연락도 없이.

내 말에 사모가 입을 삐죽였다.

"얘는. 엄마가 아들 직장에 찾아오면 큰일 나는 법이라도 있니?"

"……."

그러지 않는 게 사회생활의 기본입니다만.

"뭐, 됐어. 오늘은 성진이랑 '사업' 이야기를 하러 온 거니까."

사모가 미소 띤 얼굴로 전예은을 보았다.

"그러면 예은 씨, 커피 잘 마실게요."

"아닙니다, 사모님."

전예은은 그녀답지 않게 허둥지둥하며 고개를 꾸벅 숙였다.

"크리스도 언니 따라서 놀고 올래? 나는 저 오빠랑 여기서 별로 재미없는 이야기만 할 거거든."

크리스는 힐끗 내 얼굴을 보았다가 고개를 끄덕였다.

"그럴게요."

크리스의 경우 떨떠름한 얼굴이긴 했지만 좌불안석이었다는 느낌은 아니었고, 그냥 이 상황 자체가 별로 내키지 않는다는 느낌에 가까웠다.

"그래. 예은 씨, 크리스를 잘 부탁해요."

"네, 사모님."

전예은을 따라 사장실을 나서는 크리스를 보는 사모의 눈빛에는 그녀가 사랑스러워서 견딜 수 없다는 느낌이 듬뿍 묻어났다.

'……뭐, 원래부터가 애들을 좋아하는 편이기도 했고.'

심지어 크리스는 미소녀일 뿐만 아니라 바이올린 실력까지 나에 비견될 만큼 출중한 모양이니, 사모에게 사랑받을 조건은 넘치도록 있었다.

'다만 크리스가 사실은 뭐라는 걸 알고 있는 나로서는 조금 애매한 기분이군.'

나는 그들이 사장실을 나가길 기다렸다가 사모에게 물었다.

"아까도 여쭤보았지만, 여기엔 어쩐 일이세요? 게다가 크리스까지 데리고요."

사모가 커피를 한 모금 마신 뒤 대답했다.

"얘는. 좀 천천히 이야기하자. 무슨 일이 그렇게 바쁘니?"

바쁘려면 얼마든지 바쁠 수 있는데요.

"그런데 커피 참 맛있네. 예은 씨 실력이 좋아서 그런가?"

"그래요?"

"휴우, 내 아들이지만 커피 프랜차이즈 사장님이면서 커피 맛도 몰라서야, 장사를 어떻게 한담."

"……."

설마 로스트 빈을 인수하려고 찾아온 건 아니겠지?

"아무튼."

사모는 그쯤하면 나를 충분히 놀렸다고 생각했는지 본론 근처에 에두른 말을 꺼냈다.

"엄마가 오늘 선생님을 대신해서 크리스랑 병원에 다녀왔거든."

"어땠어요?"

사모가 고개를 저었다.

"아직은 모르겠대. 눈에 띄는 이상도 없고. 한동안은 병원에 데려 가 봐야 할 거 같아."

"불행 중 다행이네요."

"글쎄."

사모는 조금 진지한 얼굴로 걱정스레 말을 이었다.

"차라리 눈에 띄는 이상 증세라도 있으면 치료를 할 텐데, 그게 아니니 다행인지 아닌지도 모르겠구나."

저래 봬도 사모는 마냥 낙천적인 성격은 아니었다.

사모가 가벼운 한숨 뒤 말을 이었다.

"그래도 의사에게 스트레스에 민감한 체질인 것 같다는 이야기는 들었어. 또래 평균보다 몸무게도 가볍고……. 푹 쉬고 잘 먹이면 괜찮아지려니 생각하고 있어."

"그래서 오늘 크리스랑 동행하신 거군요."

"응, 여자애잖니? 엄마 따라서 쇼핑도 하고 외식도 하면 좋지 않을까 해서."

생물학적으로는 그렇지만, 정신도 여자가 맞을지, 나는 모르겠다.

'괜히 스트레스만 더 쌓이는 건 아닐까 몰라.'

나는 크리스가 보인 떨떠름한 얼굴을 떠올리며 고개를 끄덕였다.

"그거 좋네요. 아무래도 그 애도 요 며칠 정신없이 지냈을 테고……. 이참에 푹 쉬게 하는 것도 좋을 것 같아요."

"엄마 생각도 그래."

이 기회에 사모 따라 쇼핑이라도 다니며 고생 좀 해 봐라.

'……그나저나 사모가 크리스의 상태를 보고하려 회사에 온 것 같지는 않고.'

그리고 나는 어젯밤 이휘철이 했던 이야기를 떠올렸다.

'이휘철은 혹시 사모를 통해 크리스에게 무언가를 할 생각인 건가?'

사모가 커피 잔을 들며 내게 물었다.

"아무튼 오늘 엄마가 여기 온 건 성진이랑 사업 이야기를 해 보려고 온 거란다."

"어떤 사업이죠?"

사모는 커피를 한 모금 마신 뒤 잔을 내려놓았다.

"네 할아버지가 엄마더러 재단을 하나 운영해 보는 게 어떠냐고 하셔서."

과연, 이휘철의 사주를 받고 여기 온 것인가.

전생에도 사모는 재단을 통해 클래식 인재들을 후원해 왔으니, 나는 사모의 말을 자연스럽게 받아들였다.

"좋네요. 크리스도 어머니가 관리하시려고요?"

사모는 빙그레 웃으며 고개를 끄덕였다.

"그래. 아무래도 백하윤 선생님은 연세도 있으시고, 또 사기업에 소속되어 계시니 선생님이 은퇴하시기 전까지 임시로 맡아 볼 예정이야."

어젯밤 백하윤과 이휘철의 회담은 사모가 재단을 운영하다가 백하윤의 은퇴 이후 그녀에게 재단 이사장직을 넘기는 방향으로 진행된 듯하다.

'어느 정도 예상은 했지만, 백하윤도 크리스를 꽤나 선뜻 내어 주었군.'

사모가 말을 이었다.

"그래서 나중을 생각하면 지금 삼광장학재단과는 별도의 법인을 만들어서 운영하는 게 좋을 것 같단 말씀을 하셨는데, 성진이도 알아 둬야 할 거 같아서."

"제가 알아 둬야 한다는 건…… 그 재단 운영 기금을 SJ컴퍼니에서 출자하실 예정이라 그런 건가요?"

"맞아."

사모가 긍정했다.

'거참, 암만 서류상 대표가 사모라지만 내가 없는 자리에서 이런 중대 사안을 결정해 버리다니.'

어떤 의미에서는 다짜고짜 찾아와 삥을 뜯기는 것이나 다름없는 상황이지만, 이번 후원 재단을 삼광장학재단이 아닌 별도로 분리한 법인을 만들어 운영하고자 하는 의미는 꽤 의미심장했다.

'장기적으로 보면 주효한 전략이군.'

생각을 마친 나는 고개를 끄덕였다.

"알겠습니다, 하죠."

"정말?"

사모가 눈을 동그랗게 떴다.

"왜 놀라세요?"

"아니…… 솔직히 말하면 엄마도 성진이가 이렇게 선뜻 그러자고 할 줄은 몰랐거든."

사모가 빙긋 웃었다.

"내 입으로 말하기는 그렇지만, 재단이라는 건 돈만 빠져나가고 아무런 이익이 되지 않는 사업이잖니? 그래서 성진이가 몇 번은 내뺄 거라고 생각하고 몇 가지 준비를 했는데 다행이구나."

사모의 말은 지적할 내용이 많았지만, 우선.

"……무슨 준비요?"

"으음, 이를테면 성진이가 몇 살까지 이불에 쉬야를 했는가 하는 거? 그걸 회사 사람들이 알게 되면 어떨까, 생각했어."

"……."

잔인하군.

아무리 내가 전생하기 전의 일이라지만 껍데기가 이 몸인 이상 그 사실적시 음해에 따른 피해는 고스란히 내가 뒤집어 쓰게 된다.

"농담이야."

농담일까.

"사실 엄마도 네 할아버지 말씀을 듣고 좋은 생각이다 싶었어. 만약 네가 거절하기로 한다면 네 외삼촌이나 외할아버지한테 이야기해 볼까 싶었거든."

음, 하긴. 뉴월드 백화점이라면 그 정도 재력은 충분하다 못해 넘칠 테니까.

'어쨌건 그 정도로 진심이라는 거겠지.'

사모가 커피를 한 모금 더 마셨다.

"아니면 지금 반찬 가게도 꽤 잘되는 모양이니까, 거기서 자금을 출자할 수도 있겠고."

안동댁과 공동 창업한 〈종가 손맛〉 말인가.

나는 어제 강미자의 집에서 먹었던 반찬 맛과 강미자가 극찬했던 것을 떠올리며 어깨를 으쓱였다.

"그러게요, 반찬 가게도 꽤 호평이던걸요."

"어머, 그래?"

한때는 요리연구가 박화영을 앞세워 그녀의 존재가 독이 될 거란 이야기가 우리 집 식탁에 오르내린 적이 있었지만,

사모가 그녀를 '직접 따로 만나 이야기를 잘 풀어낸' 뒤부터 박화영은 넙죽 엎드렸다던가, 뭐라던가.

'그래도 덕분에 지금은 방송 덕도 톡톡히 보고 승승장구 중이니, 소탐대실을 할 바에 비빌 언덕을 잘 찾은 셈이지.'

나는 고개를 끄덕였다.

"네, 친구 어머님이 맛있다고 하신 걸 들었어요."

"잘됐다. 엄마는 뭐가 어떻다는 숫자로 보는 것보단 남한테 직접 듣는 게 더 안심이 되거든."

사모가 활짝 웃었다.

사실 종가 손맛의 공동 창업자인 안동댁은 이제 자금 문제로 걱정할 필요가 없게 되었지만, 그녀가 아직껏 우리 집에 남아 있는 건 '도련님과 사모님께 은혜를 갚기 위해'라는 게 그 이유였다.

'게다가 아직은 백화점이나 소형 매장을 운영할 뿐이지만 〈종가 손맛〉은 더 성장할 여지가 있어.'

이번에 조광 그룹과 합자회사 설립이 잘 풀려 유통망을 손에 넣게 된다면 그 범위를 전국적으로 확장할 수 있게 되리라.

'그건 그거고.'

나는 사모에게 슬쩍 물었다.

"그런데 할아버지는 뭐라고 말씀하셨어요?"

사모가 쓴웃음을 지었다.

"네 할아버지는 '성진이라면 당연히 그러자고 할 것이다'

하고 말씀하시긴 했어."

사모는 왜인지 이휘철의 성대모사까지 해 가며 그 말을 전했다.

'흠, 내가 선뜻 승낙할 거라고 봤다니, 혹시 이휘철도 나와 비슷한 걸 보고 있는 건가.'

추후 백하윤이 은퇴하여 장학재단을 인수하게 되더라도 그 자금의 출처가 SJ컴퍼니에서 나오는 이상, 그건 오롯이 백하윤의 통제하에 놓이는 것이 아니게 된다.

'그리고 한 가지 더.'

이휘철이 그런 상황을 예상하고 있는지는 모르겠지만, 그는 이번 기회에 대중음악계에서 바른손 레코드가 차지하고 있던 지위를 SJ컴퍼니 휘하로 이전하려는 전략이리라.

미래를 알고 있는 나로서는 백하윤이 없는 바른손 레코드가 어떤 식으로 변하는지, 그리고 시대의 흐름을 따라가지 못하고 몰락하던 방식을 잘 알고 있으니까.

'그러면 한동안 바른손 레코드의 자산을 내가 집어삼킨다면…… 대중음악계 뿐만 아니라 각 방송국에 내 영향력을 행사할 빌미가 생기지.'

게다가 세상에는 아직 빛을 보지 못한 배고픈 음악가가 많다. 그리고 누구에게 어느 정도의 후광을 비춰 줄지를 결정하는 건, 이번에 설립할 재단이 되리라.

뭐, 그것도 어디까지나 일이 잘 풀린 낙관적인 상황을 염두에 둔 일이기는 하다만 만약 이휘철이 그런 장래를 전망하고 이런 일을 벌인 것이라면…….

'조금 오싹해지는군.'

이래서야 누가 전생자인지.

'……그래도 당분간은 클래식에 집중하다가 추후 백하윤이 합류하고 나서부터 대중음악 전반까지 서서히 영역을 확장해야겠지.'

사모가 뺨에 손을 가져가며 한숨을 내쉬었다.

"이야기가 잘 풀린 건 좋지만 다음이 걱정이네."

"다음요?"

또 뭐가 문제야?

"응, 엄마도 선뜻 네 할아버지의 제안을 받아들이기는 했지만 재단 운영 같은 건 처음이어서. 지금부터는 거기에 따른 사람 고용이나 노하우, 재단 이름도 생각해 봐야 하지 않겠니?"

에이, 나는 또 뭐라고.

'그러면서 은근슬쩍 나를 힐끔거리며 보는 게, 그런 것도 내가 알아서 준비하란 건가.'

이거 원, 재주는 곰이 넘고 돈은…….

'응? 잠깐만.'

나는 문득 또 다른 생각에 미쳤다.

'이 기회에 재단의 규모를 키워 볼 수도 있겠는데?'

생각을 마친 나는 사모에게 빙긋 웃어 보였다.

"걱정하실 거 없어요. 마침 저희 비서실장인 윤선희 씨가 그쪽에 빠삭하거든요."

"아, 그래. 윤선희 씨라면……."

"네. 지금 부를까요?"

"그래, 도움을 받을 수 있다면 그러자."

나는 책상으로 가서 호출기를 눌렀다.

－네, 사장님.

"예은 씨, 잠시 윤선희 실장님 좀 사장실로 불러 주시겠어요?"

－네, 알겠습니다.

잠시 후 노크 소리가 들리고 윤선희가 사장실로 들어섰다.

윤선희는 먼저 사모에게 묵례 후 내게 말했다.

"부르셨습니까, 사장님."

"네. '대표님'께서 실장님과 논의하실 일이 있다고 하셔서요."

사모가 빙그레 웃으며 자리를 권했다.

"앉을래요? 잠깐이면 돼요."

"네."

윤선희는 의아한 듯 사모 맞은편에 앉았고, 나는 어디 앉을까 하다가 사모 옆에 앉았다.

"다름이 아니라…… 아, 먼저 약혼 축하드려요."

"감사합니다."

이휘철이 공인한 커플인 윤선희는 수줍은 듯 웃었다.

"그러면 선희 씨도 우리 식구가 되는 건가? 아, 말 놓아도 되죠?"

"물론입니다, 대표님."

"우리끼리 있을 땐 그냥 숙모님이라고 불러. 엄밀히 따지면 재당숙모가 되지만 우리 집안은 그 안쪽으로 다 끈끈하니까. 아마 앞으론 집안 행사에서 종종 마주치게 될 거야."

그도 그럴 게 이남진에게 이태석은 오촌 형님이니 요즘 같으면 명절에도 얼굴이나 한번 볼까 한 사이겠지만, 이휘철이 작고한 형님의 남겨진 가족을 부양하다시피 했다 보니 이 집안의 (내 기준)육촌 내외의 관계는 여간한 사촌지간보다 끈끈한 편이었다.

"네. ……숙모님."

"응, 나도 질부라 부를게. 차차 익숙해질 거야. 그래, 결혼 날짜는 잡았고?"

"알아 보고는 있어요."

"응, 도움이 필요하면 얼마든지 말하고."

"네, 숙모님."

새삼스럽지만 자리가 사람을 만든다고 해야 할지, 지금 사모는 집안 맏며느리 느낌이 물씬 풍겼다.

그렇게 윤선희와의 관계를 정리한 사모가 빙긋 웃으며 나를 보았다.

"성진이도 슬슬 선희 씨한테 형수님이라고 불러야지?"

"……사적인 자리에서는 그럴게요."

"얘는. 그러면 대표님이 아니라 숙모님이라고 부르게 한 엄마 입장이 뭐가 되니?"

"여긴 회사잖아요."

"얘는. 그럼 방금 전까지 엄마, 엄마 하고 부른 건 뭐니?"

짚고 갈 건 짚고 넘어가자.

나는 이번 생 들어 사모를 '엄마'라고 부른 적은 막 눈을 뜨고 혼란스러울 때를 제외하고 그 이후로는 없다.

'……어쨌건 여기서는 그렇게 하라는 건가.'

나는 억지로 웃은 것처럼 보이지 않도록 노력하며 윤선희를 보았다.

"그럴게요, 형수님."

윤선희는 내 말에 민망함과 어색함이 교차하는 얼굴로 웃었다.

"아하하……. 그……래."

사모에 의해 호칭을 입에 붙이기 시작하자 윤선희는 막연하게만 생각했던 우리 일족이 되는 것이 새삼 실감나기 시작한 모양이었다.

"그나저나."

사모가 입을 뗐다.

"내가 오늘 여기 질부를 부른 건, 성진이 말이 질부가 재단 운영과 관련해서 잘 알고 있대서야."

"아, 네. 지금은 비서 업무를 겸해 남진 씨의 삼광문화재단 일을 돕고 있어요."

"응, 그랬지. 나도 들었어."

아마 그동안 깜빡하고 있다가 이제야 생각났겠지만, 나는 끼어들지 않았다.

"마침 나도 이번에 재단을 하나 운영해 볼 생각이거든. 그 일에 질부의 도움을 받을 수 있으면 좋을 것 같은데."

"네, 제 도움이 필요하시다면 얼마든지 도와드리겠습니다."

자신이 하는 일에 자부심이 가득한 윤선희는 겸양의 표현이나 빼는 일 없이 선뜻 대답했다.

거기서 내가 끼어들었다.

"아 참, 차라리 이렇게 하는 건 어때요?"

두 사람이 의아한 듯 나를 보았고, 나는 이제 막 떠오른 아이디어라는 듯이 말을 이었다.

"번거롭게 굳이 새로 재단을 만들 것이 아니라, 이 기회에 어머니가 하시려는 걸 지금 남진이 형이 하고 있는 삼광문화재단과 합쳐서 함께 운영하는 거예요."

나는 윤선희를 보았다.

"그러면서 명칭도 삼광문화재단이 아닌 새로운 이름으로 바꿔서 운영하는 거죠. 형수님 생각에는 어떨 거 같아요?"

윤선희가 당황하며 내 말을 받았다.

"아, 으음, 그러면……."

"그러면서 어머니는 남진이 형이랑 삼광문화재단의 공동 이사장이 되는 식으로요."

내가 몰아붙이자 윤선희는 힐끗 사모의 눈치를 살피더니 마지못해 고개를 끄덕였다.

"좋……은 생각인 거 같아."

"그렇죠?"

"으응. 자세한 건 남진 씨랑 상의를 해 봐야겠지만."

사모는 거기서 무어라 말하며 끼어들려 하다가 쓴웃음을 지으며 관뒀다.

'그래, 사모도 내가 무슨 의도로 이런 제안을 한 건지 눈치 챈 모양이군.'

말이 공동 이사장이지, 평소 사모에게 깍듯한 이남진이라면 사실상 그 수족처럼 될 것이다.

뿐만 아니라, 나는 이 기회에 삼광문화재단을 이태준의 영향력하에서 빼내는 동시에 이남진을 내 아래 볼모로 잡아 둘 생각이었다.

'이거야말로 가족 같은 회사지. 암.'

5장

    그렇게 일을 일단락하고 난 뒤―자세한 건 추후 이남진을 끼워 넣어 상의를 해 봐야겠지만, 삼광문화재단의 지분은 내 쪽이 크므로 탈 없이 진행될 것이다―우리는 대화를 마무리 지었다.

    "그러면 추후 연락드리겠습니다, 숙모님."

    "그래. 다음엔 남진이랑 좋은 레스토랑에서 식사라도 하면서 이야기하자."

    뭐, 거기에 내가 낄 일은 없을 것이다.

    "수고했어. 가서 일 보렴."

    "네, 숙모님."

    윤선희가 사장실을 나서고 난 뒤, 사모는 입가에 지은 미소를 쓴웃음으로 고치며 나를 보았다.

"성진이 너도 참. 여기서 삼광문화재단을 끼워 넣을 생각을 하니?"

"그러는 어머니도 다른 말씀이 없으셨잖아요."

"그야, 성진이 네가 하는 일인데. 엄마가 훼방을 놓을 수는 없잖니."

사모는 고개를 절레절레 흔들며 커피를 마셨다.

"그래, 성진이 너는 이번 재단 일을 비단 클래식 쪽만 아니라 문화산업 전반에 걸쳐 진행할 생각인거니?"

사모의 말에 나는 고개를 끄덕였다.

"네. 제 생각에는 나중에 백하윤 선생님이 오시고 나면 클래식뿐만 아니라 대중음악계에도 영향력을 끼칠 수 있는 곳으로 성장할 거 같았거든요. 그러면 나중에 덩치를 키울 바에 차라리 처음부터 준비를 갖춰 두고 시작하는 것이 낫겠다 싶었어요."

사모는 가만히 내 이야기가 끝나길 기다렸다가 빙그레 미소를 지었다.

"하고 싶은 말은 많지만, 알겠다. 성진이 네가 그러고 싶다면 엄마는 말리지 않을게."

그 직후 사모가 한숨을 내쉬었다.

"정말, 벌써 다 컸구나."

"에이, 아직 초등학생인걸요."

"얘는. 성아만 하더라도 벌써 어른 행세를 하고 싶어 안달인데……."

사모는 커피를 마저 마신 뒤 핸드백을 들고 일어섰다.

"그럼, 우리 아들이 어떻게 일하는지도 구경했으니까 엄마는 이만 가 볼게."

"벌써 가시려고요?"

"그럼. 일하는데 엄마가 방해하면 안 되잖니."

"바래다드릴게요."

나는 사모와 함께 사장실을 나섰다.

"아, 가시려고요?"

전예은이 먼저 나섰다.

"그러면 크리스를 데려오겠습니다."

"아니에요. 그냥 제가 가는 길에 픽업하면 되니까, 예은 씨는 일 보세요."

"네? 네, 알겠습니다."

사모는 전예은과 윤선희의 깍듯한 배웅을 받으며 엘리베이터까지 간 뒤 내게 귓속말을 했다.

"그런데 성진아, 네가 오기 전까지 잠깐 이야기했는데…… 저 비서 아가씨는 네가 채용했다면서?"

"아, 네."

"들으니까 원래는 고등학교에 갈 나이라던데. 어떻게 된 일이니?"

그러면서 사모가 '그런 누나가 취향이니?' 하고 묻는 듯한 표정으로 눈을 반짝이는 걸 나는 애써 외면했다.

'정말, 뭐든 남녀 관계로 엮고 싶어 한다니까.'

나는 오해가 없도록 일부러 사무적으로 말했다.

"본인에게 그럴 의사가 있었고, 실제로 제게 그 능력을 증명해 냈거든요."

"능력?"

사모는 저런 어린애가 무슨 능력을 증명할 것이 있냐는 투로 물어서 나는 간단히 답했다.

"실은 얼마 전에 나온 SBY 2집 앨범 프로듀싱을 예은 씨가 전담했어요. 그만하면 충분하겠죠?"

"아, SBY!"

사모가 짝 하고 손뼉을 쳤다.

"엄마도 라디오에서 들었어. 요즘 잘나가는 보이그룹이라던데, 설마 너희 회사 소속이었니?"

"……예."

명색이—말 그대로 이름뿐이지만—이 회사 대표라는 분이 회사가 어떻게 돌아가는지 몰라도 너무 모른다.

"그렇구나."

우리는 띵— 소리와 함께 멈춰 선 엘리베이터에 올라탔다.

"엄마들 모임에 가니까 그 팬인 애들이 많은 모양이던데, 나중에 사인 좀 받아 줄래?"

"예은 씨에게 말해 볼게요. 몇 장쯤 필요하세요?"

"에이, 개인적인 일인데 예은 씨에게 그런 걸 부탁하긴 좀 그런걸."

그러면서 아들한테 시키는 건 상관없고?

"사정이 있어서 저는 거의 안 만나거든요. 게다가 SBY 사무소는 서울에 있고, 예은 씨는 그쪽으로 종종 출장도 가서요."

그들에게 나는 악덕사장 그 이상도 이하도 아니니까.

'이후로도 몇 번 얼굴을 보았지만 그때마다 나는 전예은의 친한 동생인 척해 왔고.'

사모는 '그렇다면야' 하는 얼굴로 고개를 끄덕였다.

"음…… 어디 보자."

사모는 몇 번인가 손가락을 꼽았고, 그사이 나는 크리스가 있을 직원 휴게실 층 버튼을 눌렀다.

"크리스는 거기 있니?"

"네. 회사에 휴게 전용 공간이 있거든요. 거기서 놀고 있을 거예요."

"그렇구나. 아, 사인은 다섯 장이면 될 거 같아."

"그거면 돼요?"

"엄마 모임이라고 해 봐야 그렇게 많은 사람을 만나지도 않는걸."

뭐, 분명 사모와 친해지고 싶어 하는 사람은 많겠지만 지금의 '학부모 모임'은 사모가 알아서 적당히 쳐 낸 인원수겠지.

'개중에는 김민정네 가족도 있으려나.'

그렇게 우리는 두런두런 대화를 나누며 직원 휴게실이 있는 층 복도를 거닐었다.

크리스를 찾는 건 어렵지 않았다. 아니 거기에는 수많은 사람이 뭉쳐 웅성대는 중이었다.

'……대체 뭘 하고 있는 거야?'

슬쩍 다가가 봤더니, 군중은 대형 티비를 둘러싼 채 모여 있었고, 거기엔 '우리 회사가 개발하고 특허까지 발행한' DDR기기가 연결되어 있었다.

그리고 그 위에서 현란하게 발판을 밟으며 연속으로 콤보를 이어 가는 사람은…….

"야, 이거 신기록 수립하는 거 아니냐?"

"흠, 이것이 젊음인가."

"젊……다기엔 아직 애인데, 그냥."

……크리스였다.

'잘들 논다.'

나는 슬쩍 다가가서 그들에게 물었다.

"뭐 하고 계세요?"

"응? 아, 저 꼬마가 DDR을 되게 잘한다기에 다들…… 힉, 사장님?"

소란은 호숫가에 던진 돌처럼 파문을 그리며 번져 갔다.

"흠, 흠, 그러니까 이번에 디버그 작업이…….."

"아, 맞다. 어떻게 코딩을 하면 최적화를 할 수 있을지 깨달았어!"

"자아, 일하자, 일."

누가 뭐랬나?

'왠지 직원들 사이에 내 평판이 별로 좋지 않은 느낌인데.'

흠, 이거 단합과 이미지 쇄신을 위해 일요일에 등산이나 체육대회 같은 거라도 열어야 하나?

그렇게 우르르 사람들이 썰물처럼 빠져나가고 난 뒤, 거기에 남은 건 얼떨떨한 얼굴로 나와 사모를 번갈아보는 조인영과 무슨 일이 일어났는지도 모른 채 집중하는 크리스, 그리고……

"아, 저기서 콤보를 완성하다니! 대단해!"

대인관계에 문제가 있다 못해 아스퍼거에 가까운 우리의 천재 작곡가 공가희 정도가 전부였다.

'그나저나 공가희는 학교에 있을 시간 아닌가?'

게임 화면에 집중하고 있는 공가희한테 물어봐야 손을 휘저으며 '방해하지 마세요!' 정도의 대답밖에 나오지 않을 게 뻔해서, 나는 조인영에게 물었다.

"형, 공가희 씨가 왜 여기 있어요?"

"응? 아."

조인영은 사모의 눈치를 살피며 대답했다.

"개교기념일이래. 그런데."

조인영이 슬쩍 물었다.

"옆에 누님은 누구시니?"

"어머."

누님이라는 말에 사모가 활짝 웃으며 나를 보았다.

"성진아, 들었니? 누님이래. 어머나."

나는 떨떠름한 얼굴을 사모에게 보이지 않도록 하며 조인영의 물음에 답했다.

"……저희 어머니입니다."

내 대답에 조인영은 눈을 껌뻑거리다가 무언가를 깨달았는지 얼른 고개를 숙였다.

"안녕하십니까, 대표님!"

"에이, 누나라고 불러요. 호호. 그런데……."

"옙, 제3개발엔지니어링 부 팀장을 맡고 있는 조인영이라고 합니다!"

그래, 그렇게 나와야 정상이지.

'그나저나.'

나는 크리스를 보며 생각했다.

'잘하네.'

여간해선 남들에게 별로 관심이 없는 개발자들이 몰려와 구경을 할 정도니까.

심지어 지금 크리스가 갱신하려는 회사 휴게실 DDR점수는 보통 점수가 아닌 것이, 현재 최고득점자는 다름 아닌

SBY의 댄스 담당인 지수였다.

'아마추어 판에 프로가 끼어들어 기념비를 세워 놓고 나간 셈이지.'

그러니 다들 웅성거리며 몰려들었을 수밖에.

'흠, 나중에 아이돌로 데뷔를 시켜 봐?'

외모도 지금 당장 아동복 모델을 시켜도 좋을 만큼 누구에게나 주목받을 정도인 데다, 타고난 목소리도 좋으니…….

'아니지, 저 성깔에 아이돌이라니 회사 말아먹을 일 있나.'

곧바로 기각.

'어쨌거나 천재 바이올리니스트이니 박자 감각은 둘째치더라도 그에 맞춰 몸을 움직이는 실력도 뛰어나군.'

저런 걸 보면 어젯밤 기절했다 깨어났다고 하는 게 거짓말처럼 보일 정도로 크리스는 건강했다.

'뭐, 두통으로 인한 혼절은 신체적인 것보다 정신적인 문제 같지만 말이야.'

이윽고 곡이 끝나고, 크리스는 휴우, 한숨을 내쉰 뒤 이마에 흐르는 땀을 닦으며 뒤를 돌아보았다.

"어때, 최고점은 아쉽게 놓쳤지만 한 번만 더 해 보면……켁?"

그러다가 사모와 내 존재를 발견하곤 곧바로 당황했다.

"와아."

그 와중 공가희만이 눈치 없이 박수를 쳤다.

"정말로 아쉽게 됐어요. 그죠, 사장님? 어라."

공가희는 그제야 사모를 발견하고는 고개를 갸우뚱했다.

"아줌마는 누구세요?"

"……."

나는 사모의 웃는 얼굴을 보았다.

"응, '아줌마'는 이 회사 대표란다. 너는 누구니?"

"대표? 사장님이랑 다른 건가요?"

"응. 다르지. 경우에 따라선 대표는 사장을 자를 수도 있는 위치란다. 그렇지, 성진아?"

나는 빙그레 미소를 지었다.

"어머니, 여기는 저희 회사 대표 작곡가인 공가희 씨에요. 공가희 씨, 그전에 먼저 인사를 먼저 드려야 하지 않을까요?"

작곡가란 말에 사모는 새삼스런 눈으로 공가희를 보았다.

"작곡가?"

공가희가 씩씩하게 대답했다.

"네, 회사 대표 작곡가 공가희입니다! 안녕하세요!"

그러던 공가희가 고개를 갸웃했다.

"어, 그런데 아줌마, 사장님 엄마예요?"

"그래, 엄마란다."

"그러면 저희 회사 대표님이 아줌마였군요?"

나는 조인영에게 눈으로 공가희의 뒤통수를 후려쳐 기절시키란 신호를 보냈지만, 그는 내 신호를 알아보지 못한 모양이었다.

'내가 할까?'

생각하는 찰나.

"근데 아줌마, 되게 예쁘시네요."

"으, 응?"

"저, 하마터면 언니라고 부를 뻔했거든요. 그러면 실례
죠?"

하늘은 그녀에게 재능과 함께 운도 내려 준 것일까, 공가
희는 제 살길을 찾아냈다.

"뭐, 뭐어."

그렇게 아줌마라는 호칭을 상쇄하는 칭찬에 사모는 멋쩍
게 웃었다.

"실례는 무슨. 그럼 언니라고 부르렴."

"그래도 돼요?"

"안 될 게 뭐 있니?"

그러면서 사모가 의기양양하게 나를 보았다.

"봤지? 엄마가 이 정도야. 한때는 연예인을 해 보는 게 어
떠냔 제안도 받아 봤거든?"

누가 뭐랬나.

그때 공가희가 끼어들었다.

"아, 솔직히 그 정도는 아니고요."

"......."

너는 좀 나가라, 그냥.

결국 이번 해프닝은 조인영이 공가희의 팔을 잡아끌고 그 자리를 벗어나는 것으로 막을 내렸다.

"언니, 다음에 봐요! 사장님도요!"

해맑게 손을 흔드는 공가희에게 마주 손을 흔들어 준 사모가 한숨을 내쉬며 나를 보았다.

"정말, 심심하지는 않겠구나."

"……매일 저렇지는 않아요."

"아니야, 이해해. 음악가 중에는 괴짜가 많거든. 특히 작곡하는 사람은."

어쨌거나 괴짜 취급은 하는구나.

그리고 사모가 크리스를 보았다.

"그래, 크리스 재밌게 잘 놀았니?"

크리스는 움찔하더니 괜히 내 눈치를 살피며 대답했다.

"그냥 시간이나 때우려고 잠깐 했을 뿐이에요."

그런 거치고는 진심이던데.

사모는 잠시 생각하다가 빙긋 웃으며 크리스의 머리를 쓰다듬었다.

"그러면 크리스는 여기서 놀다가 집으로 가면 되겠다. 크리스도 그게 좋겠지?"

쇼핑 지옥보다는 낫겠다 싶은 걸까, 크리스는 얼른 고개를 끄덕였다.

"네!"

"그래. 그럼 성진아, 크리스 잘 챙겨 주렴."

나는 얼른 대답했다.

"아, 네. 그러면 주차장까지 바래다드릴게요."

"아니야, 엘리베이터만 타면 금방인걸. 그럼 먼저 가 볼게."

그렇다면야.

"네, 살펴가세요."

나는 사모를 복도까지 배웅한 뒤, 옆에 선 크리스를 물끄러미 쳐다보았다.

"……뭐, 뭔데? 말 그대로 잠시 시간이나 때우려고 한 거라니까?"

누가 뭐랬나.

크리스가 인상을 찌푸리며 말을 이었다.

"그래서, 어떻게 됐냐?"

"뭘?"

"내 거취 문제. 방금 전까지 그걸 상의하고 있었지?"

나는 크리스의 말에 어깨를 으쓱였다.

"그래. 어느 정도는 방향이 정해졌다고 할 수 있지."

"어느 정도?"

"음, 일단은……."

나는 크리스에게 사모를 주축으로 한 후원 재단을 설립할 예정임을 밝혔다.

의자에 앉아 잠자코 내 말을 들은 크리스는 고개를 끄덕였다.

"얼추 예상했던 대로군. 그 다음 백하윤 선생님이 바른손 레코드 대표직에서 은퇴한 뒤에 재단의 운영권을 맡길 셈이지?"

그 앞일까지 내다본 크리스의 말에 나는 조금 놀랐지만, 놀란 바를 내색하지 않으며 고개를 끄덕였다.

"맞아. 그러다가 문득 이 사업을 더 확장할 수 있을 것 같단 생각이 들어서, 그 추가 논의를 진행하다 보니 이야기가 조금 더 길어졌지."

"확장?"

"음, 지금 이남진……. 아, 이남진은 알고 있나?"

내 물음에 크리스가 고개를 끄덕였다.

"그래. 이태준의 외동아들이지. 이번 생의 지금은 뭘 하고 있는지는 아직 모르지만, 이남진을 언급한 걸로 봐서는 뭔가 하고 있나?"

"그래. 이남진은 현재 삼광문화재단을 맡고 있어."

"삼광문화재단? 전생의 이맘때엔 없었던 곳이군. 뭐 하는 기관이야?"

"지금은 영화계에 투자하고 있지. 최근엔 방준호 감독의 영화를 후원해서 꽤 쏠쏠한 재미를 봤고."

"방준호?"

크리스는 어처구니가 없다는 듯 헛웃음을 터뜨렸다.

"방준호라면 그 아카데미 수상자?"

"맞아. 전생의 일이지만."

"나 원."

크리스가 고개를 절레절레 저었다.

"너도 참 별의별 일에 숟가락을 다 얹고 다니는걸. 영화
라…… 왜, 타이타닉이라도 배급하려고?"

"할 수 있다면야."

"이렇게 대한민국 영화계의 암적인 존재가 또 하나 늘어나
는군."

크리스의 이죽거림에 나는 픽 웃었다.

"어쨌거나 문득 이남진의 삼광문화재단과 이번에 설립할
재단을 합쳐서 운영해 볼까 싶더군. 그렇게 되면 추후 음악
업계뿐만 아니라 문화계 전반에 영향력을 행사할 여지가 생
길 것 같아서 말이야."

크리스는 내 말을 곰곰이 곱씹어 보더니 고개를 끄덕였다.

"그래, 이남진은 어차피 어…… 사모님의 말이라면 껌뻑
죽는 녀석이니까, 설령 공동 이사장직을 하더라도 사실상 이
남진이 운영하는 재단의 실질적 주인은 사모님이 될 테지."

"……."

"왜?"

"아니. 꽤 잘 알고 있구나 해서."

크리스가 픽 웃었다.

"말했잖아? 나는 네가 모르는 것도 알 거라고."

"그런 것치고는 우리 가족 관계에 대해서도 빠삭한걸."

"그 정도야 이 바닥을 조금만 들춰 봐도 알아. 당장 전생에 이남진의 결혼에 중매를 서 준 것도 사모님이니까. 아, 이번 생에는 조금 달라지려나?"

크리스가 말을 이었다.

"아무튼 잘 알겠어. 어차피 네 할아버지랑도 이미 이야기가 끝난 걸 테니까, 그 이태준도 이번 일에 훼방을 놓지는 않겠지."

이태준이 훼방을 놓는다고?

크리스가 이태준을 언급하기에 나는 그녀에게 물었다.

"이태준이 왜?"

"왜긴. 이태준은 전생에 이성진이 뭔가를 하려고 하면 사사건건 트집을 잡아 댔거든. 이성진이 어릴 때도 별로 마음에 안 들어 했지만, 그 정도는 갈수록 커졌지."

그 이태준이?

내가 아는 이태준은 기인이기는 하나 내가 하는 일에 숟가락을 얹었으면 얹었지, 방해를 한 적은 단 한 번도 없다.

크리스가 내 표정을 보며 중얼거렸다.

"……흠, 이번 생에는 다른가."

"그런 모양인데. 전생은 둘째 치고 이번 생의 이태준은 그런 적이 없었거든."

"뭐, 그렇다니 됐어."

크리스가 어깨를 으쓱였다.

"어쨌건 네 말마따나 이번 생에는 사정이 많이 달라지기도 했고……. 원래부터 이태준이란 인간은 주변 상황 돌아가는 걸 보고 뺄뗄 곳이랑 기어야 할 곳을 기가 막히게 잘 아는 그런 부류거든."

"……."

나는 크리스의 말을 들으며, 문득 언젠가 이태준이 나에게 했던 말을 떠올렸다.

「용이 놓친 여의주를 이무기가 물었구나.」

'혹시, 내가 이성진의 몸으로 환생한 걸 알아보고 그런 건 아니겠지?'

설마 그럴 리가.

'그래도 어쨌거나 크리스의 말을 믿는다면, 전생에 이성진과 이태준의 관계는 썩 원만하지 않았나 보군.'

아마 이태준은 이태준대로 이성진의 싹수가 누렇다는 걸 알아보고 그와 대립각을 세운 것이리라.

'그렇다고 쳐도 전생의 이성진은 명색이 삼광 그룹의 적손

인데, 조금 이해하기 힘들기는 하군.'

크리스는 잠시 내 얼굴을 빤히 바라보다가 툭하고 입을 뗐다.

"그래서, 오늘은 어떻게 할 거냐?"

"응?"

"오늘 일정 말이야. 회사에 줄곧 붙어 있을 생각이냐?"

나는 잠시 생각하다가 고개를 저었다.

"아니. 오늘은 조세화를 만나기로 했어."

"조세화? 조광 그룹의 그?"

"그래."

"흐음, 그러잖아도 네가 그 여자애랑 붙어 다닌다는 이야기는 들었다만."

크리스가 조금 언짢다는 듯 물었다.

"설마 조광 쪽이랑 결혼이라도 하려고?"

"너까지 무슨 헛소리냐? 그런 거 아니야."

나는 단박에 부정했다.

"요즘 그쪽이랑 일을 하는 게 있거든. 유통 쪽에 합자회사를 세울 생각이야."

크리스가 턱을 긁적였다.

"흐음, 뭐. 이맘때 조광이면 국내 유통 쪽은 확실히 붙잡고 있긴 하지. 그런데 네가 막상 합자회사를 세워 봐야 조세광이나 조설훈이 가만히 있지 않을 것 같다만?"

"웅? 그쪽은 아직 조사를 안 해 본 거냐?"

내 말에 크리스가 눈을 가늘게 떴다.

"……사정이 있었거든. 왜, 설마 너 거기에 뭔 짓 했냐?"

"딱히 내가 나서서 뭔가를 한 건 아니지만."

어차피 인터넷으로 조금만 조사해 보면 나올 일, 나는 크리스에게 조설훈이 죽었다는 이야기를 전했다.

"……뭐?"

크리스는 소스라치게 놀라더니 재빨리 주위를 둘러보곤 목소리를 낮췄다.

"조설훈이 죽었어?"

"그래. 그 때문에 한동안 시끄러웠지. 지금도 그 여파가 진행 중이고."

"어떻게 된 일이냐? 박상대가 그랬냐?"

여기서 박상대를 언급하다니, 크리스는 그녀 말마따나 '꽤 많은 걸' 알고 있는 모양이었다.

"이 이야기를 먼저 해야겠군. 박상대는 그 전에 죽었다."

"……."

잠시 침묵한 크리스는 진지한 얼굴로 내게 물었다.

"네가 죽였냐?"

"아니."

한때는 그것도 고려는 했지만.

"불운이 겹쳤어. 택시 강도를 당했거든."

"……흠. 그것 참."

크리스가 머리를 긁적였다.

"그래서였군. 왠지 나 혼자 택시를 타려고 하면 다들 걱정하더라니."

"그런 영향도 없잖아 있겠지. 나한테도 당부의 말을 하곤 했으니까."

크리스는 한 차례 고개를 끄덕인 뒤, 뒤이어 고개를 갸웃했다.

"응? 뭔가 이상하군. 아무리 우연이라지만 전생에 없던 일이 일어난 건, 무언가 나비효과를 일으킬 만한 계기가 있었던 거 아니냐?"

"있다면 있지."

"뭔데?"

나는 크리스에게 한강 변사체 사건에서 시작한 일련의 사건을 전했다.

꽤나 긴 이야기였지만 크리스는 고개를 끄덕여 가며 경청했다.

"아이러니하군."

크리스가 짤막한 소회 뒤 말을 이었다.

"결과론이기는 하나, 그 이후 조세광은 살인 혐의로 재판을 앞두고 있는 데다가 조설훈과 조지훈까지 사망했다……. 흠, 다른 때라면 몰라도 지금 상황이면 조광에도 별 하이에나

떼가 들끓고 있겠어. 이번 생의 조광은 이제 거의 끝났는걸."

그러며 크리스가 내게 물었다.

"혹시 그 모친 쪽은 예의주시하고 있냐?"

"모친이라면…… 강미자 씨?"

"응? 너도 알고 있었냐? 그래, 전생에도 아는 사람만 아는
이야기였지만 그 사람 친가가 일본에서 꽤 먹어 주는 야쿠자
조직이거든."

크리스가 턱을 긁적였다.

"조설훈이 살아 있었다면 그들도 쉽사리 한국에 넘어오지
못했겠지만, 지금은 그렇지도 않고……. 너도 잘 알고 있겠
지만 마침 이 시기면 일본도 폭력단 대책법으로 야쿠자들 목
줄을 죄고 있을 테니, 놈들도 살 방도를 찾으려 이 기회에 한
국 진출을 노릴지도 모르니까."

"……."

크리스의 말을 들으며 나는 그녀가 '많은 걸 알고 있다'는
걸 새삼 재확인했다.

'강미자에 대해서는 나도 어렵사리 알아냈는데 말이야.'

이 관계가 며칠만 더 빨랐더라면 나도 대처가 용이했을 텐
데, 하는 아쉬움이 남았다.

"그러면, 네가 보기에는 강미자 씨가 뭔가를 할 거 같아?"

"글쎄, 아직 모르겠군."

크리스가 진지한 얼굴로 저었다.

"일단 내가 알던 것과 상황이 많이 바뀌기도 했고…… 조세화의 외가가 꽤 알아주는 야쿠자이긴 해도 정작 중요한 순간에는 그 여자도 조설훈의 편을 들어 그들의 진출을 가로막았거든. 내가 알기로도 조설훈과 강미자 사이는 꽤 괜찮았고."

"그래?"

"음. 뭐, 둘 사이가 비록 정상적인 부부 사이는 아니지만……. 아, 너도 대강 상황은 알고 있지?"

나는 되물었다.

"조세화가 실은 조설훈의 친딸이 아니라는 거?"

"그래."

크리스는 놀라는 기색도 없이, 그 자체를 자명한 진실인 것처럼 대답했다.

"그렇기는 해도 조성광과 그녀 사이가 나빴다는 것도 아니었던 데다가 조설훈과도 애정까진 몰라도 어떤 우정 비슷한 공감대 정도는 있었던 모양이거든."

음, 그렇다고 하니 나는 강미자를 만났을 때 그녀가 내게 보인 태도 일부를 이해할 수 있을 것 같았다.

"그래서 혹시나……."

거기까지 말한 크리스는 잠시 나를 물끄러미 보다가 고개를 돌렸다.

"뭐, 됐어. 어차피 남의 일이고, 너도 조세화와 합자회사를 설립하기만 하면 그뿐일 테니까 네가 그런 걸 신경 쓸 필요는 없지. 관건은 이사진이 조세화에게 힘을 실어주는 그 안건을 통과시킬지의 여부가 되겠군."

"그 문제는 해결됐어."

"어떤 식으로?"

"광금후를 이쪽에 끌어들였지."

조세화는 내 말에 픽 웃었다.

"광금후라. 광금후라면 신진물산 사장 말이지?"

"그래."

"그 소인배를 잘도 끌어들였는걸."

크리스는 광금후가 광남파와 손을 잡고 마약 밀매를 해 온일은 언급하지 않았다.

나는 그게 그녀가 단순히 언급을 하지 않은 것에 불과한지, 아니면 그녀도 그런 일까지는 몰랐던 것인지 판단할 수없었다.

'그러는 나도 안기부와 연계한 일련의 작전에 대해서는 크리스에게 알릴 생각이 없지만.'

그렇다고는 하나, 언젠가 기회를 봐서 '내가 알고 있다고 조세화도 생각하는' 영역까지는 크리스에게 밝혀 두는 것이 나쁘지 않을지도 모른다.

크리스가 벽에 걸린 시계를 힐끗 쳐다보았다.

"그나저나 조세화한테 갈 거지? 나도 따라가마."

"네가 왜?"

"왜긴."

크리스가 어깨를 으쓱였다.

"어차피 오늘 조사하려고 생각한 건 네 입으로 다 들었기도 하고, 나도 밥값은 해야지."

"왜, 게임은 그만하면 충분하냐?"

"……말했지? 아까는 시간이나 때울 겸 해 본 것뿐이라고."

그런 것치고는 꽤 진심을 담아서 놀던데.

"됐어, 아무튼 준비나 해."

"……그래."

"그러면 나 먼저 내려가 있으마."

"왜, 사장실에 같이 들렀다 안 가고?"

"잠시라도 너랑 떨어져 있고 싶거든."

그렇다면야, 뭐.

크리스는 지하로 내려가는 엘리베이터에 올라타며 생각했다.

'그나저나 조설훈이 그런 식으로 죽었다니, 뭔가 이상하긴 하군.'

'이성진'에게는 그런 핑계를 댔지만, 본심은 잠시 혼자서 생각을 정리할 시간이 필요했을 뿐이었다.

'아직 자세한 내용은 모르지만…… 내가 아는 조지훈은 먼저 나서서 제 형을 죽일 그런 인간은 아니야.'

그 반대라면 몰라도.

그러니 만약 조지훈이 조설훈을 죽이고자 했다면, 조설훈이 선제공격을 하려한다는 정보를 입수한 뒤 자위책을 앞세울 때뿐이다.

'원래라면 이 시기, 두 형제의 사이는 나쁘지 않아. 그러니 뭔가 변수가 있다면…… 그 사이에서 둘 사이를 이간질한 누군가가 있다는 거겠지.'

크리스는 그것이 이성진이 아닐까, 생각했다.

'흠, 그 녀석은 혹시 이성진의 죽음에 조설훈이 관여했다고 생각해서 미리 선수를 친 건가?'

그런 거라면 후보를 하나 없앤 것뿐이지만.

'다른 한편으론, 그런 거라면 왠지 뒤가 구리긴 하군.'

짐을 챙길 겸 사장실로 갔더니, 탕비실에서 설거지를 마치고 나온 전예은과 마주쳤다.

"아."

전예은은 내게 꾸벅 고개를 숙였다.

"어서 오세요, 사장님."

"예. 아깐 제대로 인사를 못 나눴군요."

"아하하……. 네."

그렇게 인사를 나누고 짐을 챙기려는데 전예은이 우물쭈물하며 내게 말을 붙였다.

"저…… 사장님."

"예?"

"죄송합니다."

전예은이 허리를 굽혀 가며 내게 사과했다.

"왜 사과하십니까?"

컵이라도 깼나?

그렇게 생각했더니 전예은이 난색을 표하며 대답했다.

"크리스에 대해 제대로 보고를 드리지 못해서요."

아, 그거.

뭐, 이제는 크리스가 나 같은 전생자라는 것도 알게 된 모양이다 보니, 전예은의 실책 같은 건 잠시 내 머릿속을 떠나가 있었던 것 같다.

"괜찮아요. 신경 쓰지 마세요."

나는 전예은에게 빙긋 웃어 주었다.

설령 전예은이 크리스를 읽어 낼 수 없었다는 것을 미리 알았다 하더라도 내가 방에 녹음기를 설치하는 미래는 바뀌지 않았을 것 같으니까.

'다만 그녀가 읽어 낼 수 없었던 인물, 그리고 그 조건에 대해서는 재고를 해 봐야겠지만.'

전예은이 뺨을 긁적였다.

"그래도…… 저, 그래서 혹시 외국인한테는 통하지 않는 건가, 하고 생각했어요."

"……이제서야 묻지만 SBY의 미키 씨도 읽을 수 없었습니까?"

"아, 그러네요. 미키 오빠를 깜빡했어요."

SBY에서 랩을 담당하는 미키는 흔히들 말하는 검은 머리 외국인으로, 심지어 그 또한 크리스와 마찬가지로 혼혈이기까지 했다.

'크리스처럼 눈이 파랗다거나 하는 식의 티는 나지 않지만.'

전예은이 머리를 긁적였다.

"그래서 저는 크리스가 크리스천인가, 하는 생각도 했거든요. 소피아 원장님이나 신부님처럼 믿음이 깊은 분은 제 능력이 통하지 않는 경우도 왕왕 있어서요."

크리스가 크리스천?

나 원 농담도.

'마침 라임도 맞아떨어지는군.'

하지만 마냥 농담 취급할 것이 아닌 게, 그녀의 말마따나 전예은의 능력이 통하지 않는 건 비단 나나 크리스뿐만은 아니었다.

'소피아 수녀원장이나 그 주위 크리스천은 차치하더라도 가까이 곽성훈이란 예도 있지.'

그래서 나는 지금 곽성훈 역시도 전생자는 아닐까, 하는 의심을 하는 중이었다.

'그도 그럴 게 곽성훈 역시도 나이에 비해 능력이 뛰어나니까.'

능력이 뛰어나다 뿐일까, 그는 그 기묘한 카리스마까지 더해 금일 그룹의 말단 사원에서 금일 그룹 사장까지 오른 입지전적인 인물이기까지 하다.

하지만 곽성훈의 그 뛰어난 능력은 전생에도 마찬가지였다는 것이 못내 마음에 걸렸다.

'어쨌건 전예은의 능력으로 읽을 수 없는 대상의 조건에 전생자일 것임이 무조건 전제되지는 않아.'

어쩌면 예상외로 조건은 복합적일지도 모른다.

전예은이 덧붙였다.

"저, 그리고요."

아직 뭔가 더 남았나?

"오늘 이찬 오빠가 휴가 복귀 보고를 하러 방문하셨는데……."

나는 속이 뜨끔했다.

'그래, 전예은은 강이찬이 휴가 중에 무슨 짓을 하고 돌아

다녔는지 알 텐데, 크리스 때문에 경황이 없어서 깜빡했어.'

물론 그 읽어 냄 속에 나는 없고, 전예은도 강이찬이 원래는 안기부 소속이었다는 걸 알고 있으니 어떻게든 꼬리를 잘라 내거나 변명하고자 하면 못 할 것도 없지만.

'흠, 슬슬 누굴 끝까지 데려가면 좋을지 둘 중 하나를 택해야 하나.'

어느 쪽도 버리기 아깝긴 하지만, 그래도 예측하기 힘든 전예은보다는 어느 정도 통제가 가능한 데다 이제 내 사람이 된 것이나 진배없는 강이찬에게 저울이 조금 기울고 있다.

'게다가 전예은은 그야말로 혈혈단신 천애 고아이니 어느 날 갑자기 사라져도 별 뒤탈이 없고.'

고민하는 사이, 전예은이 조심스레 말을 이었다.

"……이제는 이찬 오빠도 읽을 수 없게 되었어요."

뭐?

그 말에 나는 흠칫, 티 나게 놀랄 뻔했다.

'그동안은 멀쩡히 읽을 수 있었던 강이찬을 이제 더 이상 읽을 수 없게 되었다고?'

전예은이 내게 멋쩍은 웃음을 보였다.

"사장님께서는 어떻게 생각하시는지 모르지만 저는 내심 안심했어요."

"……어떻게요?"

"실은 평소에도 사람 속마음을 읽는다는 게 왠지 죄를 짓는 기분이었거든요."

전예은이 나를 힐끔거렸다.

"물론…… 이찬 오빠를 읽을 수 없게 된 건 사장님께 좋지 않은 일이지만요."

그럴 리가.

'뭐…… 어떤 의미에서는 나도 안심되는 말이기는 하다만.'

마침 비밀 지령을 받은 강이찬이 부산에서 무슨 일을 하고 왔는지 전예은이 알게 되면 그 얼굴을 어떻게 봐야 하나 걱정하던 차였다만, 이제 더 이상 전예은의 능력이 통하지 않는다면야.

'앞으론 마음 놓고 강이찬에게 비밀 지령을 맡길 수 있게 되겠군.'

나는 전예은에게 빙긋 미소를 지었다.

"괘념치 않습니다. 제가 예은 씨를 고용한 건 예은 씨의 능력 때문이 아니거든요."

전예은은 내 거짓말에 눈을 동그랗게 떴다.

"정말요?"

"그럼요. 예은 씨가 입사해 지금껏 해 오신 건 누구나 할 수 있는 일이 아닙니다. 그런 의미에서 예은 씨의 초능력은 음, 어디까지나 예은 씨의 자질과 성품에 플러스알파가 되는 것뿐이죠. 그러니 설령 예은 씨가 어느 날 아침 눈을 떴을 때 모든 능력을 잃어버린다 하더라도 이 관계는 지속될 겁니다."

내 말이 그럴싸했던 걸까, 아니면 운 좋게 그녀의 마음속에 있던 핵심을 건드리기라도 한 걸까.

"사장님⋯⋯."

전예은은 숫제 감동해서 그 큰 눈동자에 눈물마저 그렁그렁 맺혔지만, 나는 속으로 다른 생각을 하고 있었다.

'그런데 휴가 전과 휴가 후 강이찬의 변화라면.'

일생의 목적을 이루고 행복을 되찾았다?

아니 그건 기만이다.

휴가 전과 후, 그에게 일어난 명백한 변화는 따로 있었다.

「저는 이미 손을 더럽혔습니다.」

'살인.'

내겐 오히려 '전생자이기 때문에' 혹은 '종교에 대한 믿음이 깊어서'라는 이유보다도 더 가슴 깊이 와닿는 해답이기도 했다.

전예은이 크리스를 읽어 낼 수 없는 이유는 그녀가 전생에 누군가를 살해했기에 그런 것일지도 모르고, 곽성훈도 어디선가 내가 모르는 살인을 저질렀을지도 모른다.

'나 역시⋯⋯ 전생의 일이기는 하지만 사람을 죽였고.'

나는 이성진의 미간을 향해 방아쇠를 당겼던 그날 밤의 기억을 애써 떨쳐 냈다.

물론, 이는 어디까지나 억측이다.

설령 살인이 능력에 대한 면역의 조건이라 하더라도, 소피아 원장 수녀나 대성성당의 그 사람 좋은 신부가 살인을 저질렀으리라는 생각은 들지 않는다.

'요즘 시대에 살인이 그렇게 흔한 일도 아니고.'

이 가설을 검증하려면 내게 대놓고 살인을 고백한 김철수를 그녀 앞에 보여 주면 될 일이지만.

'그런 가설을 검증하려고 김철수 같은 위험 인물을 전예은에게 내비치는 것은 내키지 않는군.'

어쨌건 전예은의 능력이 통하지 않는 것에 조건이 하나뿐이지는 않을 것이고, 지금은 '살인'이 그 조건 중 하나일지 모른다는 가능성을 세워 둔 것에 만족하기로 하자.

전예은은 황급히 눈가를 훔친 뒤 웃으며 나를 보았다가 아차 하며 내게 물었다.

"저, 그리고 보니……. 사장님이 오시기 전에 대표님께 듣기는 했습니다만, 크리스는 괜찮은가요?"

괜찮다마다.

"네. 어머니랑 휴게실에 갔더니 DDR 최고 기록 직전 점수를 세웠던데요."

너무 건강해서 탈이지.

"어머, 정말요? 그러면 진수 오빠 바로 아래인데……."

"네, 그러니 크리스에 대해선 걱정하실 거 없습니다. 아무래도 어제는 누적된 피로가 터진 모양이에요."

"그렇군요. 다행이다."

전예은은 안도의 한숨을 내쉬었다.

"하긴, 그 애가 어른스럽다 보니 저도 깜빡했지만요. 불과 얼마 전에 장시간 비행도 한 데다가 낯선 땅에서, 그 나이에 마음고생이 많았을 것 같아요."

뭐, 어른스럽기는 하겠지.

'전생에 몇 살까지 살았는지는 몰라도, 얼추 나랑 비슷하지 않겠어?'

나는 그쯤 해서 크리스가 주차장에서 나를 기다리고 있을 걸 떠올리곤 주섬주섬 짐을 챙겼다.

"아무튼 그럼, 먼저 실례하겠습니다."

"퇴근하세요?"

아무리 내가 사장이라지만 아직 해가 중천에 떠 있는데.

"아뇨. 오늘은 조광 쪽 업무를 보고 현장에서 퇴근할 예정입니다."

"네."

요즘 들어선 회사보다 조세화와 있는 시간이 더 길다 보니 전예은은 그러려니 하며 메모장을 꺼내 내 말을 받아 적었다.

"아, 겸사겸사 크리스도 데리고요."

사모가 알아서 이야기를 해 두었겠지만, 혹시 백하윤 쪽에서 찾을지도 모르니까 그렇게 말해 두었다.

"크리스도 함께요?"

"네."

어쩌다 보니 그렇게 됐다만.

"지금은 반복 숙달 연습보다 경험이 중요한 시기라고 생각해서요. 되도록이면 기회가 될 때 많은 경험을 하게 해 주려합니다. 그렇게 됐으니 스케줄에 반영해 주세요."

"아, 네. 알겠습니다."

전예은은 아무런 의심도 없이 내 말을 받았다.

주차장에 가니 강이찬이 나를 먼저 발견하고는 꾸벅 묵례를 했다.

한편 강이찬과 두런두런 대화를 나누던—아마 안부 정도를 주고받았으리라—크리스는 '늦잖아' 하는 눈으로 나를 흘겨보았고, 나는 그 시선을 무시하며 그들에게 갔다.

"잠시 예은 씨랑 스케줄 이야기를 하느라 늦었습니다."

"아닙니다. 타시죠."

강이찬이 조수석 문을 열자 크리스가 뒷좌석 문을 열며 끼어들었다.

"저는 성진이 '오빠'랑 뒷좌석에 함께 탈게요."

왠지 '오빠'라고 말하면서 이를 바득바득 가는 것처럼 들렸다만, 착각이겠지.

"그래, 그럼."

강이찬은 조수석 문을 닫은 뒤 운전석에 올랐고, 나는 크리스와 나란히 뒷좌석에 올랐다.

"왜 이렇게 늦어? 벌써부터 사장 행세가 몸에 밴 거냐?"

크리스가 다짜고짜 영어로 내게 말해서, 나는 힐끗, 운전석의 강이찬을 살피며 영어로 답했다.

"말했잖아. 스케줄 정리하느라 그랬다고. 그런데 왜 영어야?"

"운전기사가 들을까 봐. 왜, 자신 없어?"

"없지는 않아."

내 말에 크리스가 픽 웃었다.

"흥, 그래도 발음 교정은 좀 해야겠군. 아주 형편없거든."

"지금껏 발음 문제로 불편한 적은 없었는데?"

"그건 너를 배려한 거지. 하지만 지금 네 위치에서는 사소한 발음 하나도 신경 써야 한다는 걸 잊지 마."

제법 본격적으로 영어 회화를 주고받는 중이었지만, 강이찬은 놀라는 기색 없이 그러려니 받아들이는 눈치였다.

저래 보여도 크리스는 '일단' 태생이 미국인 데다, 강이찬은 내가 일본어로 비즈니스 파트너와 회화를 하는 것을 본 적이 있어서 응당 영어도 할 수 있겠거니 하는 듯했다.

"하지만 어쩌면 그도 이 영어를 알아들을 수도 있는데?"

"뭐? 이 시대에 이 정도 영어 회화를 할 줄 아는 사람은 손에 꼽을 정도일 텐데?"

"특수부대 출신이거든."

"호오. 그건 몰랐군."

그랬더니 이번에는 내가 알아들을 수 없는 유창한 말로 무어라 말했다.

"미안, 뭐라고?"

"운전기사로는 과잉이니 보디가드를 겸하는 건가? 하고 불어로 물었지."

프랑스어까지 하는 건가.

'의외로 전생의 크리스는 꽤 다재다능했던 것 같군.'

나는 쓴웃음을 지으며 영어로 대답했다.

"보는 대로야. 그리고 불어는 못해."

"알아. 그런데 어차피 지금 영어 정도도 못 알아듣는 것 같은데, 상관없지 않나?"

나는 강이찬을 힐끗 쳐다보았지만, 크리스의 말마따나 강이찬은 우리 대화를 알아듣지 못하는 듯했다.

크리스가 어깨를 으쓱이며 말을 이었다.

"게다가 나는 신분상 미국인이니까, 오히려 유창하게 한국어로 떠들어 대는 것보다는 자연스러울 거 같은데."

"……좋을 대로 해. 그런데 그렇게까지 해 가며 할 말이라도 있나?"

크리스는 잠시 생각하다가 창밖으로 고개를 돌렸다.

"아니. 그냥."

"그냥?"

"그래. 아, 조세화를 만나기 전에 어느 정도 말을 맞춰 두
는 건 나쁘지 않겠군. 그녀는 내 존재에 대해선 알고 있나?"

그런 것치고는 왠지 무언가 말을 하려다 만 눈치인데.

"……미국에서 온 신동 바이올리니스트가 있다는 것쯤은
알아."

"별걸 다 떠들고 다니는군."

"어쩌다 보니."

나는 크리스가 무엇을 말하려 했는지 물을까 하다가 관두
기로 했다.

'아직 녀석이 적인지 아군인지조차 명확하지 않은 상황이
니까.'

조성광 자택에 도착한 이성진 일행은 차에서 내려 여기저
기 분주하게 움직이는 사람들을 보았다.

개중에는 그들을 한 번씩 힐끔거리며 쳐다보는 사람도 있
었지만, 책임자는 없는지 이 특이한 조합을 향해 호기심 어

린 시선만 툭 던지고 갈 뿐, 이성진 일행을 향해 말을 걸어오는 사람은 없었다.

"뭐 하는 거야?"

크리스의 물음에 이성진이 대답했다.

"아마 방송 촬영 준비 중인가 본데."

"방송?"

크리스가 어리둥절해하는 얼굴로 이성진을 보며 재차 물었다.

"방송이라니, 무슨 방송?"

"아, 이건 아직 말을 못했군. 이 저택을 배경으로 프로그램을 제작할 예정이거든."

이성진의 말에 크리스는 실소를 머금은 채 저택을 둘러보았다.

"이제 방송까지 하냐? 별걸 다 하는군."

"어쩌다 보니."

이성진이 한국어로 덧붙였다.

"그런데 이제 영어로 말 안 해도 되잖아?"

그 말에 크리스가 어깨를 으쓱이며 들으란 듯 영어로 답했다.

"아, 미안. 몇 년간 미국인으로 살다 보니 영어가 습관처럼 나왔나 보네."

이성진은 피식 웃은 뒤 강이찬을 돌아보았다.

"강이찬 씨, 죄송한데 세화한테 가서 우리가 도착했다는 것 좀 전해 줄래요? 걔가 도통 전화를 안 받아서요."

이성진이 미안해하며 건넨 말에 강이찬은 고개를 꾸벅 숙였다.

"아닙니다. 다녀오겠습니다."

보아하니 각종 연장을 사용해 공사 중인 것 같은데, 아무래도 크리스처럼 어린애를 데리고는 저택 안에 들어가기가 꺼려지기 때문인 것 같다고 강이찬은 생각했다.

강이찬은 두 사람을 남겨 두고 저택 안으로 향하며 고개를 갸우뚱했다.

'그나저나 뭐라고 말하는지 도통 알 수가 없군.'

영어를 못해서 불편한 적은 없었는데, 아무래도 원어민 발음이었던 탓일까.

다만 그런 강이찬도 어째, 이성진이 말하는 단어 몇 개는 귀에 들어왔다.

'Broadcast 어쩌고 한 걸 보면 방송 관련해서 이야기를 주고받은 거 같긴 한데……'

그러며 강이찬은 앞으로도 이성진을 모시려면 영어 공부도 열심히 해야겠다고 생각했다.

그리고 느낌과 뉘앙스뿐이지만, 강이찬은 왠지 두 사람이 영어로 대화를 주고받는 동안 격식과 허물이 없는 것 같았다고도 생각했다.

'사장님도 그렇고, 크리스도 허심탄회하게 이야기를 주고받는 느낌이었지.'

그가 알기로는 두 사람은 어제 처음 만난 사이일 텐데, 그 사이 친해지기라도 한 걸까.

'어제 크리스가 데면데면해 보이던 건 그냥 한국어가 서툴러서 그랬던 모양이군.'

강이찬이 망치질 소리와 기계식 톱날 소리가 들리는 소음의 진원지로 가까이 다가가자 보안경과 공사장용 안전모를 착용한 채 고래고래 소리치는 조세화를 발견할 수 있었다.

"네, 거기는 뜯어도 괜찮아요!"

저런 소음 속이니 사장님이 핸드폰으로 전화를 걸어도 받을 수가 없겠구나, 강이찬은 생각했다.

"흠, 흠!"

강이찬이 일부러 큰 소리로 헛기침을 하자 조세화가 고개를 돌렸다.

"아."

한눈에 강이찬을 알아본 조세화가 손에 든 청사진을 옆의 인부에게 넘긴 뒤 강이찬에게 다가왔다.

"안녕하세요!"

"그래."

"여기는 시끄러우니까 잠시 자리 좀 옮길까요?"

"그러지."

바라던 바였다.

조세화는 보안경과 안전모를 벗어 입구에 놓은 뒤 발걸음을 옮기며 강이찬을 향해 빙긋 웃어 보였다.

"오랜만이에요, 이찬 오빠. 휴가는 잘 다녀오셨어요?"

"그래."

강이찬은 망설이다가 한마디를 더했다.

"덕분에."

"제 덕분이랄 게 뭐 있나요."

조세화는 모른 체하는 것처럼 안전모에 눌려 헝클어진 머리를 정리하며 대수롭지 않게 강이찬의 말을 받았다.

"그런데 성진이랑 함께 오셨어요?"

"그래."

그 말에 조세화는 고개를 갸웃하더니 아차 싶은 얼굴로 주머니를 뒤져 핸드폰을 꺼내 열어 보곤 부재중 통화 표시를 확인하자 멋쩍은 얼굴이 됐다.

"죄송해요. 핸드폰을 못 받았네요."

"그런 시끄러운 곳에서는 어쩔 수 없지."

"그러게요."

조세화가 주머니에 도로 핸드폰을 찔러 넣는 사이 강이찬이 입을 뗐다.

"네가 힘을 써 줬다고 들었다."

조세화는 그 말에 발걸음을 멈추곤 잠시 뜸을 들였다가 말을 받았다.

"아뇨, 뭘요."

"아니. 네가 내게 해 준 건…….'

"오해하지 마세요."

조세화가 차분한 어조로 강이찬의 말을 끊었다.

"딱히 이찬 오빠를 위해서 그런 건 아니니까요."

"……."

"저는 어디까지나 이찬 오빠가 다른 곳에 구애되는 일 없이 성진이 곁에 붙어서 그 애를 지켜 줬으면 하는 것뿐이었거든요."

조세화는 이성진을 어쩌다 보니 그런 일에 휘말리고 만 피해자라고 여기는 것 같았다.

강이찬이 아는 이성진은 그렇게 세상 물정을 모르지도, 마냥 보호하고 아껴 줘야 할 어린아이도 아니었지만, 그는 아무 말도 하지 않았다.

'그렇다고는 해도…….'

조세화가 해 준 건 분명 강이찬에게 은혜를 입힌 일이다.

안기부라면, 특히 김철수라면 강이찬이 자신의 사명을 다한 뒤에도 이런저런 구실을 들어 가며 붙잡아 둘 것이 분명했으니까.

강이찬의 시선을 의식한 조세화가 어깨를 으쓱였다.

"뭐, 그때는 이쪽에서 마땅한 조건이 생각나지 않았던 것도 있고요. 그 상황에서 공짜로 넘어가긴 아깝잖아요?"

"……."

조세화가 빙긋 웃으며 강이찬을 보았다.

"정 마음에 걸리신다면 저는 한마디면 돼요."

조세화의 말에 강이찬은 잠시 생각하다가 입을 뗐다.

"고맙다."

"천만에요."

조세화는 이번 이야기는 여기서 그만하자는 신호를 보냈고, 강이찬은 그녀의 뒤를 따라 걸으며 그녀가 누구 못지않게 강인한, 그러면서 남을 배려할 줄 아는 아이라고 생각했다.

'그리고 나는 조세화에게 사장님 못지않은 은혜를 입은 셈이지. 언젠가 그녀가 내게 무언가를 부탁하는 일이 생긴다면…… 사장님께 위해가 가지 않는 선에서 그에 응하도록 하자.'

뭐, 조세화가 이성진을 적대할 일은 일어나지 않겠지만.

조세화와 강이찬이 주차장을 겸하는 마당으로 향하자 크리스와 무언가 두런두런 이야기를 주고받던 이성진이 반갑게 손을 흔들었다.

강이찬이 조세화를 데리러 간 사이, 이성진은 크리스에게

이 일이 어떻게 된 건지 자세한 이야기를 전했다.

"호오."

크리스가 고개를 주억였다.

"그러니까, 소위 국뽕 방송이냐?"

"그렇게도 말하지. 이 시대에는 그런 표현이 없지만."

"알아, 나도. 아무튼 제법 머리를 썼어. 한국인만큼 외국인들 평가에 좌우되는 민족도 드물거든."

크리스가 이죽거리며 말을 이었다.

"그래서, 그 국뽕 방송이 흥한 덕분에 조세광 회장 자택을 빌려 뭔가를 한다? 그건 다소 비약이 심하군."

"거기에도 이런저런 사정이 있지."

이성진은 조세화가 상속받은 이 저택을 신화호텔이 매입할 예정이며, 이번 방송은 이미라의 포트폴리오 같은 것이란 설명을 해 주었다.

신화호텔이 이 저택을 매입할 거란 정보는 이미 시저스에서 들어서 알고 있는 내용이었지만, 만약 이성진이 자신 앞에서 거짓말을 한다면 그에 맞춰 대응해야겠다고 생각한 크리스는 일부러 눈을 동그랗게 떴다.

"신화호텔?"

크리스는 이런 식으로 자신이 듣거나 조사해서 알고 있는 정보와 이성진이 하는 말을 취합해 각자의 입장을 저울질하고 있었다.

'나로서도 이놈의 말을 곧이곧대로 믿을 이유는 없는 거거든.'

크리스가 물었다.

"너, 벌써부터 신화호텔에 줄을 댄 거냐?"

마치 처음 듣는다는 듯 물은 말에 이성진이 대답했다.

"그 정도가 아니라 이미 비즈니스 파트너야. 그쪽이랑 해림식품을 엮어서 합자회사를 설립했거든."

"흐음, 해림식품이라."

크리스가 동그랗게 뜬 눈을 가늘게 만들었다.

"즉, 네 회사 빌딩 지하에 정금례가 사장으로 있는 식당이 있었던 건 우연이 아니군."

"응. 아, 그래. 너 시저스에 다녀왔다면서?"

"그 꼬마 비서가 미주알고주알 별말을 다 해 준 모양인걸. 그래, 다녀왔지."

"어땠어?"

크리스가 어깨를 으쓱였다.

"나쁘지 않더군. 그런데 지금 그 이야기가 중요한가?"

"어느 정도는. 그 레스토랑이 계기가 되어서 식품유통회사를 설립하게 되었으니, 이번 일에 신화호텔이 개입한 것도 그 맥락에서 이해해야 하는 거거든."

크리스는 이성진의 말을 들으며 잠시 생각했다.

'그러고 보면 전생의 이맘 때, 정금례는 가업을 등지고 레스토랑 사업을 하겠다며 설쳐 댔다가 망한 전적이 있었지. 한성진(이성진) 저놈은 이번에 그걸 막아 주면서 혜림식품과 줄을 만들었단 거겠고…….'

그 과정이 어땠는지는 모르나, 일단 이성진이 미래의 지식을 바탕으로 일을 치러 냈다는 것은 파악했다.

'조설훈이 죽었다는 이야기를 할 때도 그랬지만, 놈이 내게 거짓말을 하는 것 같지는 않아. 다만 좀 더…… 거짓은 아니지만 온전한 진실도 아닌 것들을 감추고 있다는 느낌은 있어.'

그리고 아직은 예감에 불과하지만, 조설훈의 죽음에 이성진은 어느 방식으로든 발을 걸치고 있을 거란 생각이 들었다.

'다만 지금으로서는 그걸 알아내 조세화와 사이를 이간질해도 딱히 내게 이득이 있을 것 같지는 않군.'

생각을 마친 크리스가 고개를 끄덕였다.

"즉, 너와 조세화가 설립할 합자회사에 방금 말한 식품유통회사, 나아가 이번 저택 매입으로 신화호텔까지 끼워 넣을 명분을 만든 셈인가?"

이성진이 씩 웃었다.

"말이 잘 통하네. 맞아. 어쨌건 나는 이번 일을 계기로 전국적인 유통망을 설립할 예정이거든. 거기에 기존 식품유통회사를 빠트려 비즈니스 파트너들을 서운하게 만들어서야 재미 볼 거 없잖아?"

흠, 삼 년 된 서당 개가 풍월을 읊는 것인지, 아니면 원래부터 그런 자질이 있었던 것인지.

크리스는 여기까지 일을 해 온 이성진의 재량을 조금 인정하며 어깨를 으쓱였다.

"그래서 나중에는 전생에 이희진이 먹었던 신화호텔 경영권을 네가 가져오려고?"

"……아니. 그 정도는 아니야. 쓸데없이 배만 불려서는 의미가 없지."

이성진이 고개를 저었다.

"최소한 내 존재가 그들에게 도움이 될 만한 위치라면, 그에 따른 보험이 되지 않을까 싶어서."

"……그런가."

크리스는 덤덤하게 그 말을 받았지만 속으로는 쓴웃음을 지었다.

'뭐야, 결국 제 살길을 모색하는 방편일 따름인가.'

크리스로서는 이성진이 세운 계획에서 어딘가 서글픔을 느꼈다.

'하긴, 놈도 나 때문에 죽은 거였댔지. 그러니 놈은 나름대로 미래에 닥칠 불행을 막아 보려 하는 것일지도.'

크리스가 입을 뗐다.

"그런데 한……. 아니, 이걸 입에 붙여 둬야겠군. 이성진."

크리스가 말을 이었다.

"너는 혹시 이성진이 죽은 이유를 그 후계자 구도가 엉성해서라고 생각하는 거냐?"

"아닌가?"

"만약 그런 이유라면 이런 고생을 할 필요 없이, 차라리 네 대에 이르러 삼광 그룹의 경영 구조를 바꾸는 편이 수월하지. 이후 삼광 그룹을 고용 CEO 체계로 전환한다는 사실을 공포하면 최소한 애먼 놈에게 죽을 걱정은 덜 수 있지 않겠나?"

이성진은 잠시 생각하다가 고개를 저었다.

"나도 그 생각은 해 봤어. 하지만 결국에는 혹시 모를 후환이 남을 거 같더군. 그래서……."

거기까지 이야기를 꺼낸 이성진은 입을 다물고는 고개를 돌렸다.

"왔군. 나중에 이야기하자."

그러며 이성진은 미소 띤 얼굴로 저 멀리, 강이찬과 함께 이쪽으로 향하는 조세화를 향해서 손을 흔들어 보였다.

"전화 못 받아서 미안."

조세화의 사과를 나는 미소 띤 얼굴로 받았다.

"아니야. 그럴 수도 있지. 공사 중이어서 못 들은 거 같은데?"

"응. 사실 내가 있을 필요도 없는 일이지만 왠지 계속 눈길이 가서. 그런데……."

아까 전부터 조세화는 소개를 기다리듯 크리스를 힐끗거리던 차여서, 나는 이쯤해서 크리스를 소개했다.

"소개가 늦었지? 여긴 크리스라고 저번에 말한 미국에서 온 천재 바이올리니스트."

"아."

그제야 크리스가 누구란 걸 알게 된 조세화가 눈을 동그랗게 뜨며 크리스를 보았다.

"얘가 걔구나. Hello, My name is 조세화. Nice to meet you."

"Christina Miller. Good to see you."

크리스의 대답에 조세화가 멋쩍게 웃으며 나를 보았다.

"한국어는 못하나 봐?"

"뭐……."

내가 대답하기 직전 크리스가 끼어들었다.

"한국어, 잘 몰라요."

조세화 앞에서는 그런 컨셉을 잡고 싶은 건가?

'아니지. 강이찬도 별말 않고 있는 걸 보면 나를 제외한 남들 앞에서는 줄곧 그런 컨셉을 유지하고 있는 걸지도 모르겠군.'

하긴, 저 나이에—아무리 교포 출신이라지만—2개 국어를 능통하게 구사하는 것 자체가 조금 이상한 일이기는 하니, 나는 크리스의 말에 맞장구를 쳐주기로 했다.

어쨌거나 그런 사정을 모르는 조세화는 빙긋 웃으며 고개를 끄덕였다.

"그렇구나. Ok, 그러면 언니는 지금부터 크리스가 한국어를 배울 수 있게 한국말을 쓸게. 그래도 되겠니?"

"네."

영어를 못해서는 아니고?

나는 그렇게 지적하고 싶은 걸 관뒀다.

"그러면 저는 이만 차로 가 보겠습니다."

강이찬의 인사에 나는 고개를 끄덕였다.

"네, 고생하셨어요."

조세화는 강이찬을 웃는 얼굴로 배웅하며 그가 자리를 떠나길 기다렸다가 내게 슬쩍 물었다.

"그런데 크리스는 여기 왜 데리고 온 거야?"

조세화의 물음에 나는 크리스를 보며 답했다.

"사정이 있어서 잠시 맡아 주고 있어. 또, 음악가는 다양한 경험을 해 봐야 한다는 게 선생님 지론이기도 하고."

사실은 크리스가 '밥값을 하겠다'며 멋대로 따라온 거지만.

더불어, 나는 크리스가 말하는 '밥값'이라는 것이 무엇인지 아직 모른다.

"흐응."

조잡한 핑계였지만 조세화는 얼추 납득한 얼굴로 고개를

끄덕였다.

"갑자기 보모가 됐네."

"내 말이. 그런데 벌써부터 공사에 들어가는 거야?"

"응."

조세화가 내부 공사 중인 저택을 힐끗 쳐다보며 대답했다.

"지금 상태로는 카메라 구도를 잡기가 어렵다고 해서, 겸사겸사 신화호텔 측 자문을 받아서 간단한 개조 중이야."

하긴, 중요한 짐은 이미 정리한 모양이고.

"그러면 너는 어디서 지내?"

"신화호텔. 이미라 대표님이 좋은 방을 선뜻 내어주셨지 뭐야."

조세화가 의기양양하게 폼을 재며 말을 이었다.

"덕분에 호사를 누리는 중이지."

네가 폼을 잴 건 뭔데.

'그나저나 이런 상황에도 집에 들어갈 생각은 없는 모양이군.'

뭐, 나도 어제 저녁을 거기서 먹긴 했지만 묘하게 숨이 턱턱 막히는 곳이기도 했고.

'조세화는 특히 조설훈이 생각나는 공간에 더 있고 싶지 않을 거야.'

조세화가 웃으며 말했다.

"아, 그리고 어제는 메뉴 테스트용으로 내주신 걸로 저녁을 때웠는데 되게 맛있더라? 기대해도 좋아."

뭐, 다른 사람도 아니고 오성환이니까.

'그쪽 일은 믿고 맡길 수 있지.'

조세화가 뺨을 긁적였다.

"처음엔 풀만 가지고 어떤 요리를 하나 싶었는데, 그 정도면 채식주의자도 해 볼 만하겠더라고. 게다가 어제부로 재료 선택의 폭도 넓어졌다고 했고."

"아, 그랬지."

"응? 너도 알아?"

"어제 나, 호텔에 다녀왔잖아. 그때 만났어."

"아하."

조세화가 고개를 끄덕인 뒤 고개를 갸웃했다.

"그나저나 거기에 다른 사람도 아니고 서연 언니가 이번 일에 도움을 줄 줄이야. 세상 참 좁지?"

"그러게."

최서연의 깜짝 등장에는 나도 놀랐지.

"게다가 장여옥이랑 친구라면서? 그 언니, 발이 넓네."

"그러게, 그건 나도 놀랍던데."

그때 크리스가 눈을 가늘게 뜨고 중얼거렸다.

"장여옥?"

"어라."

조세화가 눈을 껌뻑이며 나를 보았다.

"얘, 혹시 지금 대화 다 듣고 있었던 거야?"

"……그냥 아는 단어가 나왔을 뿐이겠지."

그렇게 말하며 크리스를 보자, 크리스가 고개를 끄덕였다.

"장여옥 알아. 내 이웃, 영화 많이 봤어."

한국말 못하는 컨셉에 너무 열심인 거 아닌가 싶다.

그런데 거기서 조세화가 고개를 갸웃했다.

"응? 그런데 장여옥은 한자 이름을 그냥 우리 식으로 음차해서 읽은 거잖아? 혹시 미국에서도 장여옥이라고들 부르니?"

"……"

뜨악하는 걸 보니 아차 싶은 모양이었으나, 크리스는 어떻게든 변명을 만들어 냈다.

"그 이웃, 한국인. 세탁소 해."

"아, 그렇구나."

조세화가 고개를 끄덕인 뒤 나를 보았다.

"왠지 한국어를 잘한다 했어."

"……뭐, 모친도 한국계이니까."

"아, 그래? 그래서 머리가 검구나."

애써 일부러 관심을 기울여 주는 모양이지만, 조세화는 원래부터 애를 별로 좋아하지 않는 눈치였다.

'모친인 강미자도 그런 느낌이 있었고…… 그런 성격적인 면도 유전인가?'

아마 그런 조세화도 크리스의 바이올린 연주를 듣고 나면 눈이 트일지도 모르지만.

'구태여 두 사람이 친해질 필요는 없지.'

정작 나도 크리스의 연주는 비디오로밖에 들어 보질 못했고.

'……그나저나 크리스 저 녀석.'

일부러 한국말을 잘 모르는 척하는 건, 조세화와 나 사이에서 오가는 '진솔한' 대화를 캐치하려고 그러는 건가.

'아무튼 약았어.'

녀석이 뭘 노리는 건지는 모르나, 일단 경계를 유지한 채로 내버려 두기로 했다.

"그나저나 집이 저러니까 여기서는 일을 못 하겠네. 곧장 호텔로 갈까?"

크리스에게 무슨 말을 이어 가야 할지 난감해하던 조세화는 기다렸다는 듯 찬성했다.

"그러자, 그럼. 나는 우리 차 타고 갈 테니까 호텔에서 만날까?"

"그래. 그럼 로비에서 보자."

"응. 크리스도 나중에 보자."

크리스는 대답 대신 짧게 고개만 끄덕였다.

조세화가 목소리가 닿지 않을 거리까지 멀어지자마자 크리스가 입을 뗐다.

"야, 혹시 네가 말한 방송 게스트가 그 홍콩 영화배우 장여옥이냐?"

"그래. 왜, 팬이야?"

"그 정도는 아니고."

크리스가 흠, 하고 조세화의 뒷모습에서 시선을 거두고 나를 보았다.

"전생의 이맘때엔 없었던 일 같아서. 게다가 이 시기 홍콩 배우면 섭외 비용만 해도 만만치 않았을 것 같은데?"

"딱히 우리가 나서서 섭외를 한 것 같지는 않아."

"그럼?"

"음."

나는 기억을 더듬어 박승환이 했던 말을 그녀에게 돌려주었다.

"그냥 이해관계가 일치한 모양이더군. 듣자니 이번에 개봉할 영화 홍보 차원의 방문이라던데?"

"……그렇다고 해도 말이지."

크리스는 떨떠름한 얼굴로 고개를 갸웃했다.

"이맘때 장여옥이 출연한 영화 중에선 방한을 해 가며 홍보할 영화는 없는 것 같다만. 장여옥은 이맘때 소위 말하는 예술 영화 위주로 돌았거든. 뭐, 이 시기의 홍콩 영화판 자체가 침체기이긴 하지만."

"뭐야, 팬 아니라면서?"

"영화는 현대의 문화예술이잖아? 그 정도는 상식이지. 더군다나 장여옥이라면 우리가 살았던 근미래에도 재기에 성공한 배우니, 한 번쯤 주목해 볼 배우이기도 하고."

크리스가 말을 이었다.

"아무튼. 뭐, 조금 마음에 걸리기는 하지만 이번에도 네가 벌인 무언가의 나비효과일지 모르니 일단 넘어가지."

"그래."

"그런데 조세화가 말한 장여옥이랑 친구라는 언니는 누구냐?"

"언니라는 말이 꽤 자연스러운걸."

"……."

크리스가 나를 당장 죽일 듯 노려보았기에 나는 대답해 주었다.

"최서연이라고, 알아?"

"……흔한 이름이군. 내가 아는 최서연만 해도 수십 명은 될 거다."

아무리 그래도 수십 명까지 될 리가 있나, 과장이 심하군.

"그러면 최갑철 의원의 딸인 최서연은?"

크리스가 눈을 가늘게 떴다.

"그건…… 좀 알지. 설마 너, 그 여자랑도 엮여 있는 거냐?"

크리스는 전생에 뭘 하고 다녔는지, 보통은 잘 모를 최서연을 꽤 아는 눈치였다.

'혹시 정치인이었나?'

나는 속으로 생각하며 고개를 저었다.

"자주 연락하고 지내는 사이는 아니야. 어쩌다가 일 때문에 엮여서 얼굴만 조금 알고 지내는 정도의 사이지."

"아까 전부터 '어쩌다 보니' 식의 대답이 잦군."

"어쩌다 보니."

크리스가 미간을 찌푸렸다.

"……그리고 최서연 정도 되는 여자가 너랑 고작 얼굴만 조금 알고 지내는 사이로 남으려 할 거 같냐?"

조금 정정하자.

크리스는 최서연을 '꽤 아는 정도'가 아니라, 적어도 '꽤 잘 아는' 듯했다.

크리스가 차로 몸을 돌리며 말을 이었다.

"보니까 심지어 조세화랑도 안면을 튼 사이던데. 어떻게 된 일이지?"

우리 둘 사이에서 오가는 이야기를 아주 잘 듣고 있었군.

"말하자면 조금 복잡한데."

"상관없어. 신화호텔에 가는 동안은 끝날 이야기겠지?"

또다시 크리스와 함께하는 영어 교실 시간인가.

"나도 영어를 아주 잘하는 건 아니니까 요점만 말하지. 박상대가 죽었다는 건 이야기했지?"

"그래."

"그러면 그에게 사생아가 있다는 이야기는?"

내 말에 크리스가 비릿한 미소를 지었다.

"알고 있지. 아무튼 그래서?"

이번 생에야 그 사실을 온 국민이 알지만, 전생에는 세간에 거의 알려진 적 없는 박상대의 사생아까지도 알고 있다니, 전생에는 대체 뭐 하는 놈이었을까.

'게다가 바이올린도 천재 소리를 들을 정도로 잘하고.'

나는 생각하며 크리스의 물음에 답했다.

"그 사생아가 요한의 집에 있거든. 요한의 집은 알고 있냐?"

크리스는 곰곰이 생각하다가 잠깐 멈칫하더니 내 얼굴을 확인하고는 고개를 저었다.

"모르겠군. 고아원 이름이냐?"

나는 크리스가 요한의 집에 대해 알고서 모른 척하는 건지, 아니면 정말로 모르는 건지 갈피를 잡을 수가 없었다.

"그래. 어쨌건 거기에 박상대의 사생아가 신세를 지는 중이고, 그곳은 원래 새마음아동복지재단 소속이었거든."

"새마음아동복지재단이라."

나는 크리스의 중얼거림을 들으며 크리스가 그에 대해 아는지 기다려 보았지만 침묵이 조금 길었던 것일까, 크리스가 눈을 치뜨며 나를 보았다.

"왜? 계속하지 않고."

"아니."

나는 영어로 고쳐 말을 이었다.

"I was a little confused about how to explain this in English. (이걸 영어로는 어떻게 설명해야 할지 잠시 헷갈렸거든.)"

내 말에 차와 가까워진 걸 확인한 크리스가 고개를 끄덕였다.

"Oh, I see. (아, 그래.)"

크리스는 강이찬이 열어 준 뒷좌석에 냉큼 올라탔다.

"강이찬 씨, 신화호텔로 가 주세요."

"예, 사장님."

나는 강이찬에게 행선지를 말한 뒤 크리스에게 지금까지 어떤 일이 있었는지, 최대한 고유명사를 피해 가며—경찰 측이 공식적으로 인정한 범주 내에서의 이야기를—그녀에게 들려주었다.

"I get it roughly. (대강 알겠군.)"

크리스가 고개를 끄덕였다.

"And you're saying that the congressman's daughter took over it? (그리고 그걸 국회의원 따님이 인수하셨다는 거지?)"

"Yes. (그래.)"

크리스는 생각에 잠긴 얼굴로 턱을 긁적였다.

"흠, 뭔가 냄새가 나는군."

그 혼잣말에 강이찬이 백미러를 보며 물었다.

"창문 열까?"

"아, 아뇨. 그런 뜻이 아니라."

크리스는 당황해서 얼버무리고는 한숨을 푹 내쉬었다.

"I'll tell you later. (이따가 이야기해 주지.)"

다음 권으로 이어집니다

사령왕 카르나크

임경배 판타지 장편소설

『권왕전생』『이계 검왕 생존기』의 작가 임경배 신작!
죽음의 지배자, 사령왕 카르나크의 회귀 개과천선(?)기!

세계를 발밑에 둔 지 어언 100년
욕망도 감각도 없이 무심히 흘러가는 세월 속에서
결국 최후의 수단으로 회귀를 결심한 사령왕 카르나크!

충성스러운 심복, 데스 나이트 바로스와 함께
막 사령술에 입문한 때로 회귀하는 데 성공!
한 맺힌 먹방을 만끽하는 것도 잠시
뭔가 세상이…… 내가 알던 것과 좀 다르다?

세계의 절대 악은 아직 아무 짓도 하지 않았는데
멸망을 향해 미친 듯이 달려가는 이 세상
저 악의 축들을 저지해야 한다,
인간답게(!) 잘 먹고 잘 살기 위해서는!